双葉文庫

大江戸剣聖 一心斎

黄金の鯉

高橋三千綱

目次

黄金の鯉　大江戸剣聖　一心斎

※この作品は2002年8月、文春文庫から刊行
された作品に加筆訂正を加えたものです。
（原題『剣聖一心斎』）

周作仰天《しゅうさくぎょうてん》

一

夜半過ぎから旅籠《はたご》の雨戸を叩く風の音が強くなった。

朝は七ツ（午前四時）起きのつもりで弟の定吉《さだきち》と早目に床に就《つ》いた周作だったが、意識は眠ることはなかった。

報復がありえる。

そう思う気持ちがずっとついて離れなかった。定吉も同じ思いでいたらしい。着物を着たまま寝床に横たわってはいたが、いつもは部屋に響き渡る鼾《いびき》が、今夜は少しも聞かれない。

北辰一刀流《ほくしんいっとうりゅう》の名を広めるため、定吉を伴って武者修行の旅に出てふた月余りになる。野州《やしゅう》佐野《さの》の神道無念流《しんとうむねんりゅう》、木村定次郎《きむらさだじろう》を打ち破ったのを皮切りに、六つの道場で申し合いをし、その道場主と高弟をことごとく撃破してきた。その間、闇討ちの危険を感じないではなかったが、前日の熊谷茂太夫《くまがいしげだゆう》との試合のあとで感じた戦慄ほどではなかった。

秋山要助《あきやまようすけ》の高弟、大川平兵衛《おおかわへいべえ》の元で修行したという熊谷との一戦は、壮絶なものとなった。寄居《よりい》で五十人からの弟子を持つ熊谷は、身の丈六尺の周作よりさらにひと周り大きく、江戸からきたという周作を初めから呑《の》んでかかり、五両の賭け試合を申し入れてきた。

それは周作と定吉、二人合わせた路銀のほとんど全てと同額だったが、周作は内心の動揺を表に出すことなくこれを受け容れた。

立ち合ってみると、賭け試合を提唱するだけあって熊谷の気合いはすさまじく、さらに力で周作をねじ伏せようと、三尺九寸の長い竹刀《しない》をぐいぐいと押しつけてくる。技も荒く鍔迫《つばぜ》り合いになると肘《ひじ》をとばし、足をからめて周作の気勢をそごうとする。右足の甲を踏まれ、丸太のように太い腕で顎《あご》をかち上げられたときは一間も後ろにとばされ、危うく床に尻餅《しりもち》をつきそうになった。

だが、力は強いが熊谷の剣筋は雑で、隙の多いものだった。動きもこけおどしのごとく踏み板を大きく鳴らして前に出てくるだけで、間合いを詰める気迫と緻《ち》密《みつ》さに欠けている。

落ちついてくると、熊谷の動きが手に取るように分かる。技も面白いように決まり出した。高いところから振り下ろす周作の竹刀を何度か受けたため、熊谷の面は歪《ゆが》み、顔面は赤鬼のように紅潮しだした。脇腹は出血したらしく、胴着が赤く滲《にじ》んでいる。だが、そうなっても熊谷はまいったとはいわない。

業を煮やした周作は、足取りがおぼつかなくなった熊谷を二度三度と道場の羽目板《はめいた》にとばし、その都度喉を突き破らんばかりの鋭い突きを入れた。

血反吐《ちへど》を吐いて熊谷の巨体が床に倒れたとき、周作の身体には滝のような汗が流れていた。その汗が冷たく凍りついたように感じたのは、鎮まり返った門弟たちの目から放たれる、すさまじい仇恨《きゅうこん》の念を見定めた瞬間である。

気絶した道場主を二人の者がすみやかに奥の部屋に運び込んだあとも、壁板を背にして坐った弟子たちの間からは一声も洩れずにいた。皆、目を白くして周作を睨《にら》んでいた。

「勝負はついた。ご検分の必要はござらんであろう。これは当方への餞別《せんべつ》として申し受けておく」

周作は三方《さんぼう》の上に置かれていた十両を摑《つか》んで、背後に控えていた定吉に手渡した。頷《うなず》いて手を差し出した定吉の顔は、血を枯らしたように蒼ざめていた。

道場を出ると、すでに日は暮れかかっていた。二人は川添いの街道を新寄居まで行き、前夜泊まった旅籠にいったん戻った。そこで荷をまとめてすぐに出立することも考えたが、すでに下りの船もなく、夜の山道を歩くことの危険も考慮して早朝の出立《しゅったつ》を取り決めたのだった。だが、夜襲をかけられるのではないかという不安は、ずっと周作の胸の内にあった。

障子には、染《し》みのような淡い明かりが所々に浮き上がっている。雨戸の節目を通して月の光が洩れ入ってきて、障子に螢《ほたる》よりはかなげな漂いを映しているのだが、それがときどきふっとかき消える。風に押されて動く雲が、月の光を遮《さえぎ》ってしまうためらしい。

障子を揺らす風に、それまでとは異質な軋《きし》みが混じったのを察知して、周作は闇の中に目を開いた。

風は夜気の匂いを乗せて階下からそっと吹き上がってくる。遅れて土間に人の忍び入る気配がして、風はやんだ。あとには雨戸を打つ外からの風が荒々しく鳴っている。

隣で寝ていたはずの定吉が、そっと半身を起こして障子に顔を寄せた。

「兄上……」

つづいて上体を捻ってこちらを向いた定吉は、そのまま囁《ささや》き声を呑んだ。周作はすでに刀を取り、片膝をついて身構えていた。

「二人だ」

波立つ気を鎮め、周作は階段を上ってくる者の数をさぐった。

黙って頷いた定吉は、寝床を下りて障子の陰に身を潜《ひそ》ませた。そうしながら、左の胸元に寄せた大刀の鯉口《こいぐち》を切るそぶりをみせた。

その手を周作は押さえた。

「払え」

そういってから定吉の左の足首を軽く叩いた。ここを鞘《さや》で打てと伝えたつもりだった。頷く代わりに、定吉の両眼が闇の中でカッと見開かれた。

廊下に立った気配は、闇を圧《お》して少しずつ寄せはじめた。

襲撃を受けたときはどのように対処すべきか、その方法や心構えをこれまでに何度も定吉と話し合った。覚悟ができているはずの周作だったが、識《し》らずに掌が汗ばんでいる。修行を積んだつもりでいても、二十七歳の若さが早鐘の動悸となって現われている。弟の定吉となればなおさらのことだろう。

雨戸の節目を通して障子にかかっていた淡い月明かりの一点が、廊下を潜んできた者の影で遮られた。

周作は息を殺した。定吉の影も岩のように固まったまま動かない。

そのとき、微《かす》かに水の流れる音を耳にした。侵入者は持参してきた竹筒から、障子の桟《さん》に油を垂らしているらしい。

——この田舎博徒《いなかばくと》の呆気者《うつけもの》めが。忍びの真似事とは笑止！

黒一色の障子に目を据え、周作は腹の中で一喝《いっかつ》した。

桟に油を差したのは、障子のすべりをよくして音を消すためなのだろうが、すでに賊に気付いて身構えている周作たちにとっては何の効果もない。江戸城内の百人番所に詰める甲賀者《こうがもの》にしてからが、一間の幅を跳び越える術も忘れて終日《ひねもす》欠伸《あくび》をして過ごしているのである。どこからか聞き込んできた忍びの技を、得意になって使っている田舎道場の門弟の用心深さは滑稽ですらあった。

その思いが周作に余裕を与えたのだろう。そっと障子を開いた賊の影が廊下に這《は》いつくばって現われ、滲み出すように部屋に入ってくるのを、芝居の段取りを眺める思いで見つめていた。

その影に抱かれた刃が、灰色の鈍い輝きを放ったとき、疣蛙《いぼがえる》が鳴いたような呻《うめ》き声が洩れた。定吉が刀の鞘で賊の足首を打ったのである。

のめった影の鳩尾《みぞおち》を柄頭《つかがしら》で打ち、それが敷き蒲団の上にうつ伏せに落ちると間髪を入れずに後頭部に鐺《こじり》を突きたてた。

廊下に蹲《うずくま》っていた二つめの影は、そのときになって自分たちの不利を悟ったらしい。あわてて立ち上がった拍子に背中を思いきり雨戸にぶち当て、大きな音が廊下に響き、安普請《やすぶしん》の旅籠を揺さぶった。

雨戸が一枚はずれて外に落ちると、ちょうど流れる雲間から顔を出した月が青白い光を廊下と部屋の中に送ってきた。中腰になって欄干《らんかん》に背中を貼りつけた男が、雷光に当てられたようにくっきりと浮き彫りにされた。頰かむりをしたその顔から、火事を前にした野鼠《のねずみ》のような驚愕《きようがく》した目玉が剝《む》き出しになっている。

「ぐわっ！」

意味不明の掛け声を発して、男はガニ股に開いた膝を迫り出して突きかけてきた。白刃が今度は月の光を受けて、空中に翻《ひるがえ》った蛇《へび》のような輝きを見せた。

「げっ」

定吉が男の脛《すね》を打った。乾いた音と共に男の呻き声が部屋にこもり、その響きが消えないうちに、周作の刀の鞘尻が男の脇腹をえぐった。

男は声をたてずに伸び上がった身体を畳んで蒲団の上に落ちた。振動が大きく立った。

周作は廊下に出て、狭い階段を下りた。裸足のまま土間を走り潜り戸《くぐど》を開けて、外に出た。暗い宿場にはひと気はなく、夜の強い風にあおられた土埃が宙を舞い、あちこちの閉ざされた家々からは柱や戸口がたてる軋んだ音が響いてくる。

道は平坦ではなく、一丁ほど下ったところでぶつかる川添いの街道まで、ねじられたようなうねりを見せている。雨のときにつくられた轍《わだち》が、そのまま長っぽそい窪地《くぼち》となり、丸くえぐられた所では藁屑《わらくず》が風と戯《たわむ》れて渦を巻いている。

九月半ば過ぎの夜風は、奇妙な生暖かさを含んでいる。半月前の闇夜に、中山道《なかせんどう》を高崎《たかさき》に向かって下ったときの夜風は、刃のように鋭く冷たかったことを周作は思い出していた。

戸を閉めて身体を戻すと、奥の部屋から若い主《あるじ》が恐る恐る顔を出し、二階に目を向けていた。

「この旅籠では盗賊の手引きもするのか」

静かにいったつもりだったが、思いがけないほど強い声が口から出た。暗がりから覗《のぞ》いていた臆病な目は、人影に怯《おび》えた小魚のようにさらに暗い所へ引っ込んだ。

二階の客間は暗く鎮まり返ってはいるが、細く開かれた障子の隙間から、外の様子を窺っている商人たちの息遣いが感じられる。

周作の体重を受けた廊下の板が音をたてて軋む。

部屋に戻ると定吉が行灯《あんどん》に火を入れ、それを二人の男の顔に近づけて吟味《ぎんみ》していた。二人とも身につけていた紐《ひも》と帯で手足を縛り上げられて、低い呻き声を洩らしている。

「どうじゃ、熊谷道場の者か?」

「この男はそうです。材木の伐出《きりだ》しをやっているといっていましたが、どうせ博奕打《ばくちう》ちです」

定吉は二番手に襲撃してきた男の顔を行灯で照らした。頬かむりを取った男の顔は頬骨が突き出て、乱ぐい歯が剝き出しになった悪相で、これまでにも盗み、恐喝の類《たぐい》の悪業には事欠きそうにない。額に汗を浮かべて呻いているところを見ると、ろっ骨の二、三本は折れているらしい。

「そっちのやつはどうじゃ」

忍びを気取った一番手の男に向けて周作は顎を振った。まだ二十《はたち》前の若い男で、色は日焼けして黒いが人相は悪いものではない。呻き声を洩らしてはいるものの目は閉ざされたままで、まだはっきりとした意識は戻らずにいる。

「見覚えはあります。農家の者のようですが剣術の心得はあるはずです」

「ふむ」

「外の様子はいかがでしたか」

「人の気配はなかった。だがこの者たちだけの考えとも思えん」

落ちつきを取り戻した周作は、熊谷道場の壁板の前に居並んで坐っていた門弟たちの風貌を思い起こしていた。

寄居は天領と旗本の知行地が複雑に入り組んだ村で、その収穫高はおよそ八千五百石ほどになり、幕府領はその半分近くを占めている。支配するのは代官だがその配下の者の中には当然熊谷茂太夫を師と仰ぐ者がいるはずだ。前日の道場にも身を持ち崩した侍の二男三男らしい者が混じっていた。威勢がいいのは職人や工人だが、道場の壁を背に、暗く陰湿な目を向けていた者の中には、豊臣秀吉《とよとみひでよし》の北条氏邦征討《ほうじょううじくにせいとう》の後に、在地に帰農していった北条家家臣の子孫もいたかもしれない。それらの者たちの気持ちを無視して、普段は刀を差すことのないこの二人だけが、師の仇討《あだう》ちのために夜襲をかけるとは考え難かった。

「おい、ほかに襲撃に加わった者はおらんのか。白状せえ」

定吉が悪相の男の首を絞めてつき詰めた。男は唇の周囲に細かい泡を吹き出し、目をギョロリと剝いて喘《あえ》いだが、口は固くつぐんでいた。

「定吉もうよい。それより袴をつけろ。すぐに出立するぞ」

「すぐに？　では、この者たちはいかがいたしますか」

「ふむ」

周作が思いを巡らせたのは二人の賊の始末のことではなく、どの街道を通ってこの宿場から無事に抜け出すかということである。もし熊谷道場の者たち数十名の襲撃を受けたら、いかに撃剣家の周作といえども、生きて逃れられる可能性はない。

「そやつは伐出しをしておるといったな」

「はい」

「口輪をはめろ。そやつも連れていこう。川を渡るのだ」

「荒川《あらかわ》を？」

行灯の火を瞳に映した定吉の目が燃え上がったようにきらめいた。絶壁に挟まれた荒川は昼でも渡るのは簡単ではない。五年前の文化《ぶんか》十二年（一八一五年）になって渡船が始められたと聞いているが、熟練の船頭の棹《さお》にかかっても事故は絶えないという。まして強風の吹く荒ぶる川を夜、渡るというのは命がけのことだ。

しかし、といった定吉を制して周作は裁《た》っつけ袴をつけていった。

「荷を二つに分けろ。握り飯を忘れるでない」

二

寄居には中山道脇往還と秩父《ちちぶ》往還が通っている。北へは高崎、東へは熊谷《くまがや》、北西へは児玉《こだま》、南西へ向かえば秩父へと抜けられるが、二人はあえて命を賭《と》して荒川を渡り、南への道を取った。襲撃を避けるためである。いかに土地の者とはいえ、夜の川を渡ってまでして、待ち伏せをすることはなかろうと判断したのである。仮にそうする者があっても、ほかに配置すべき場所に多くの人数を割かねばならず、小人数に対してならば突破できる自信が周作にはあったからだ。

刺客を一転して船頭に仕立てた二人は、びしょ濡れになって川を渡ると、刺客を生きたまま帰して鉢形《はちがた》という村落に入った。南にまっすぐ進めば鉢形城跡に出るが、二人はいったん西に向かい、三ケ山《みつけやま》と呼ばれる低い山を抜けてから南へ足を向けた。その先は小川《おがわ》村から玉川《たまかわ》村へと続いている。

　ときには白く、ときには黒い煙のように流動する雲のあい間から歪んだ形の月が覗き、周囲の樹木の葉が銀色にきらめく。月が厚い雲に隠されると、闇の底を這うような心さびしさを覚える。林の中は漆黒《しっこく》の闇となり、うなる風と揺れる枝のこすれる音が頭上で鳴り響き、それは闇を支配する暗黒の神のたてる遠吠えのように定吉には感じられて、思わず身震いすることさえある。

　先を行く周作の足取りは少しも緩むことがない。川を渡り畑地から山地に分け入ってすでに一時《いっとき》（二時間）になろうとしているのに、兄の背中から伝わってくる緊張感は間断なく続いている。

　――ぐう。

　定吉の腹が鳴った。川の水を浴びた着物はまだ濡れたままで、ぬるかった風も山深く入るにつれて冷え冷えとしてきて、余計に定吉の空腹感は増した。

　――兄上、歩きながら握り飯を食ってはいかがでしょう。

　先ほどから何度となくその言葉を胸の内で呟《つぶや》いてはいるのだが、実際に口から出すことはできずにいた。熊谷道場の者が追ってくる気配はなく、すでに三里近く寄居宿から離れた山奥では、待ち伏せに遭《あ》う心配もない。だが兄の広い背中は一切の油断を見せずに、熊笹と灌木《かんぼく》の枝が張り出す獣道をざわざわと進んでいく。声をかけるきっかけが少しも摑めないでいる定吉は、仕方なしに生唾を飲み込んで兄の後ろに従っていく。

ふいに林が切れて野原に出た。それと分かったのは、雲間に隠れていた月が見《み》計《はか》らったように姿を夜空に現わしたからである。風にあおられた熊笹が乾いた音を響かせ、それは幾重にも奏《かな》で合い、ひらめいた笹の葉は、漆黒の海面にまたたく夜光虫のような乱舞を見せた。

「おう」

思わず定吉は声に出した。わずかに足の歩みが鈍くなった。一瞬だが、兄も月と夜風と笹の葉が織《お》りなす緊密な求め合いに心を奪われたらしい。

そのとき、背後の高いところから重い音が響いてきた。それがほら貝が鳴った音だと気付いたとき、野原の先の黒々とした林から、火の玉が飛び出してきた。

二人は息を呑んで目を上げた。火の玉は二人が棒立ちになった頭上三丈の空中で激しく弾《はじ》けた。その刹那《せつな》、周囲は真昼のように明るくなった。

「定吉、伏せろ！」

そう叫びざま、周作は大きな身体を熊笹の中に投げ出した。定吉は横に跳ぶ余裕のないまま、その場に腰を落とした。その定吉の目に、木の高い所にこびりつくように潜んでいた人影が、薄れる火花の明かりの中で落下していくのが映ってきた。

銃声が響いたのは、その直後である。思わず首をすくめた定吉の鼻孔に、そのときになって火薬の臭いが風に混じって差し込んできた。

――さてはあの者は鉄砲で我らを撃ち殺さんと待ち伏せしておったのか。

銃声と木から落下した者とを結びつけて、定吉はとっさにそう思いを巡らせた。だがその思いも、次に起こった情景を目の当たりにするなり消し飛んだ。

「それっ！」

「生きて帰すな！」

「うぬらっ！」

掛け声と罵声《ばせい》が放たれるや、暗い林から幾つもの白刃が躍り出て、二人に向かって殺到してきた。熊笹を押し開いて寄せてくる音が、洪水のように定吉の耳に響いてくる。

「定吉、ぬかるな！」

定吉の目の前に、黒く大きな入道のような周作の影が立ち塞がった。定吉は夢中で片膝を立てた。そのとき、うわっという怒声と共に、熊笹を蹴たてて向かってくる足音が背後からも寄せてきた。

「兄上!」

振り返った定吉はそう呼びかけたまま総毛立った。刀を振りかざして襲撃してくる者たちの目玉が、そこだけ異様にギラついて暗い空中を飛ぶように伸び上がってきたからである。

「あわてるな。落ちつけ!」

叱咤《しった》した周作の手には、白刃がすでに抜かれて握られている。定吉もとっさに鯉口を切り鍔《つば》を左手の親指で押しやった。刀を抜いて構えると、背後から怒濤《どとう》のごとく押し寄せてきた者たちの足が、数間先で不意に止まった。生きている人間に向かって真剣を構えたのは、兄の周作にとっても、定吉にとっても初めてのことだった。

「熊谷道場の者か」

取り囲んだ者たちに向かって周作は胆力のある声を出した。

「熊谷茂太夫殿はどこにおる。熊谷殿に命じられての狼藉《ろうぜき》か」

「先生はご存知ないわ」

周作の右手、定吉から見て左手にいる背の高い痩せた影の男が負けじと言い放った。

「勝負はすでに道場で決したはず。鉄砲を携《たずさ》えての闇討ちなど、熊谷道場の名折れでござろう」

「だ、だまれ！　貴様のいうことなど聞かぬわ！」

「よくも師範に恥をかかせてくれたな」

「生かして江戸に帰すものか」

そうののしった男たちは構えを変えながらがちゃがちゃと音をたてた。音は鍔か柄が腰に差した鞘の鞘口に当たって出るものらしい。兄と背中を合わせて刀を中段に構えた定吉は、相手の頭数を数えられるだけの落ちつきを取り戻していた。取り巻いた者の数は十六、七名にもなる。

「くそっ」

「江戸者め、いい気になりやがって」

「ぶち殺してやらあ」

口々に罵声をとばしながら男たちは、少しずつ間合いを詰めてくる。血走ったどの目にも、それと分かる殺気が浮き上がっている。

——おれは死ぬ。

血の気が引いていく思いの中で、定吉は懸命に冷静になろうと努めた。

「臆《おく》するな！　皆で一気に突き潰《つぶ》せ！」

堪《たま》りかねたように囲んでいた者のうちの一人が女のようなカン高い声をあげて喚《わめ》いた。

「うおっ！」

それに呼応して突きたててきた者の刀を、周作は撥《は》ね上げて横に薙《な》いだ。厚い布を叩く鈍い音が響くと同時に、男の呻き声があがった。男は熊笹の上に倒れたが、別の者に助けられてすぐに起き上がった。腕を押さえているようである。

「くらえっ！」

怒声があがり、定吉の目の隅を白刃が閃《ひらめ》いた。とっさに刀を横に振ると重い振動が手元に伝わり、嚙《か》み合った刃から火花が散った。その小さな火花が思いがけないほど明るい閃光《せんこう》を放ち、襲ってきた者の形相を闇の中に一瞬浮き上がらせた。

色黒の固い頰肉を持った男の両目は、狂気じみた狼《おおかみ》を前にした犬のような恐怖の色を浮かべていた。

——こやつらも必死だ。

胸の内側を冷えた汗がしたたり落ちる思いがした。

——このままでは、潰される。

気を吐く思いで定吉は右足を前に踏み出した。だが自分で念じたほどには足は動かず、かえって相手方に打ち込むきっかけを与えてしまった。

唸《うな》り音をあげて刃が襲いかかってきた。一撃目を刀で受けたが、左から突き込んできた二ノ太刀をかわしきれず、その切っ先を荷に受けた。その拍子に体勢を崩し右足が熊笹にすべった。隙を逃さず迫ってきた白刃が目の隅で閃いた。

パンパンパンパンパンパン。

激しい音が続いて闇の中に弾かれたのはそのときである。数十人もの鉄砲隊が一度に発砲したかのようなすさまじさに耳がつんざかれた。

二人を取り囲んでいた者たちは息を呑み、棒立ちになった。

パンパンパンパン。

再び音が弾《はじ》け、音の出所をさぐろうとしていた者も首を竦《すく》めて浮き足立った。

腰を落として刀を下段に構えていた周作は、その目を漆黒の林のほうに向けた。

月は雲間に隠れている。

「何をしておる。囲みを破って林に駆け込め」

何者かの声が先の林のほうから響いてきた。男たちの間から低いどよめきが洩れて流れた。

「そやつらの足は震えておる。数を頼みの烏合《うごう》の衆《しゅう》だ。相手を多勢だと思わず、一対一のつもりで立ち向かえば容易に倒せる」

声の主の正体は分からなかったが、味方する者だという思いは、定吉の身体に力を漲《みなぎ》らせた。

「よし」

そう言ったのは周作である。

「一気にいくぞ」

定吉の耳許に囁くと、周作はすさまじい掛け声を発して正面の影に向かって突進していった。定吉も負けずに声を張りあげ、刀を闇に向かって突き立てた。動揺していた男たちの輪の一角はたわいなく破れた。

だが、林の中に駆け込むと全くの闇の中に閉ざされ、方角を見失って草に足をとられた。背後から獣じみた唸り声があがり、続いて津波のような足音が響いてきた。

「定吉、どこだ！」

そう呼びかける周作の声がすぐ間近に聞こえていた。

「ここです」

応えたとき、火の玉が林の中に打ち込まれた。樹木の影が林立した木々に重なり、大きくゆれ動いた。

その次の瞬間、斬り合いになった。木の間から伸びてくる刃を斬り落とし、人影の奥に向かって定吉は全身の力を込めて切っ先を突き出した。呻き声があがり、手応えを覚えると同時に、背後から殺到してくる殺気に身をよじった。

火の玉は林の中で斬り合う者たちの姿を青白く照らし出していた。兄をかえりみる余裕のない定吉は、目の前に現われてくる者のみを相手に立ち向かっていたのだが、すぐにその数が減っているのに気が付いた。

刃を交える音もいつの間にか消えていて、定吉に向かってくる者の影もない。

五間ほど離れた所に凝然と佇《たたず》んでいる周作の姿があった。その視線の先に、木々の間を閃光のように駆け抜けていく男がいた。男の腕は刀を振りかぶった者、あるいは腰くだけになっている者の身体に軽く触れてすり抜けていく。驚くべきことに、男に触れられた者の身体は鞠《まり》のように丸くなって宙を舞い、もんどりうって地面に落ちてくる。火の玉が消え、闇の戻った林の中にも、跳ばされた者たちの呻き声が響いていた。

三

いったいあのパンパンという音は何であったのか。

大の男をこともなげに放り投げる技はいかなるものなのか。

斬り合いの後で周作は負傷した定吉を背負って、男の住む小屋まで来た。入れ替わりに男はすぐに出ていったが、周作の頭の中はそのことで占領された。男の動き、技ともまさに天狗《てんぐ》か鬼神の働きに等しいものであった。

あのような武芸者が、まだ天下泰平のこの世に生きておったのか。

チロチロと燃える炎の先を見つめながら、周作は何度となく嘆息した。男から与えられた切り傷に効くという薬を塗り終えた定吉は、低い呻き声をたてて藁屑の上に横になっている。二人とも生きていられるのが不思議なほどだった。

「やあ、少しは暖まったかの。傷の具合はどうかな」

そういって男が小屋に戻ってきたのは、半時《はんとき》ほどたった頃だった。総髪を頭の後ろで束ね、木綿の袖無し羽織を着た姿は医者のようでもある。男は手に二匹の岩魚《いわな》を下げていた。

「はっ、腫《は》れも引き、血もどうにか止まりました。ご面倒をおかけしました」

定吉が半身を起こして礼をいうのを、男は手で制した。ひげは頬から顎にかけて伸びてはいるが、見苦しいというほどではない。濃い眉毛の下には意外なほどすずし気な眼があって、柔和な笑みが浮いている。

「ほかに今一つ、刀傷に効く薬を調合中なのだが、試してみられるかな」

「いえ、これ以上のお心配りは無用でござる」

「そうか、お心配りというほどのことではないのだが、まあ、よかろう」

男は白い歯を見せて笑った。四十歳近いと思えた齢が十ほど若く見えた。

「まだ充分にお礼を申しておりませなんだ。我ら二名の命を救って下さり、まことにかたじけないことでござった」

周作は居ずまいを正し、男の前に両手をついて頭を下げた。

「拙者、千葉《ちば》周作と申す若輩者、そこなる者は弟の定吉と申す者でござる……」

つづけて周作は今年の春まで自分は若狭《わかさ》小浜《おばま》藩《はん》酒井《さかい》家《け》の家臣であったこと、中《なか》西《にし》派《は》一刀流《いっとうりゅう》浅利《あさり》又七郎《またしちろう》の養子で浅利又市良《またいちろう》という名であったが、新たなる流儀を興したいとの一念断ち難く、養家を出て北辰一刀流を興し、ただ今は流派の名を広めんと諸国巡歴の旅を弟と共に続けているのだということを、るる説明した。

男はほうほうといって聞いていたが、周作の話が終わると「それはまたお若いのに難儀な道を選ばれたことでござるな」といって土間に腰を下ろした。周作としては「お若いのに見上げた志」とでもいって感心してもらいたかったのだが、男は、周作が酒井家剣術師範の座を捨てて武者修行の旅に出たのだといったときにも、少しも関心を払わずにいた。

「ま、とにかく礼には及ばん。お手前方ほどの腕前があれば、あれしきの者たちを打ち破るのは赤子の手をひねるよりも容易なことでござったろう」

男は火の上に置かれた土鍋から沸き上がった湯を、杓子《しゃくし》ですくって土瓶《どびん》に入れた。中に茶っ葉が入っている。

「それがしが声をかけたのは、お手前方を助けるためではござらん。あの者たちにはときどき飯を馳走になっておるのだ」

男は意外なことを言いだした。

「あの者たちも普段は気のいい、働き者の連中なのだ。家に帰ればよき夫でもあり父でもある。それに熊谷という道場主も、図体は大きいがあれでなかなか心遣いが細やかでな、門弟たちも熊谷を父のように慕っておる」

「…………」

「おぬしらも自分の尊敬する父が、名も無い武芸者に目の前で完膚《かんぷ》なきまでに打ち倒されては黙っておられぬであろう」

「…………」

「これはな、茶によく似た味を出すものでな、そこいら辺にたくさん生えているのだ。『鼠もちの木』といってな、脚気《かつけ》にもよく効く」

男は土瓶から器に湯を注いでふうふうと言いながら飲んだ。それでいて二人に飲めとすすめてこない。笊《ざる》の中で岩魚が尾鰭《おびれ》をひくつかせている。

「お言葉ですが、剣士とはおのが生命を賭する者。剣術道場の看板をかかげる以上は、一門の名を賭《か》けて戦うのは必定。おくれをとったからといって、門弟共に闇討ちなどさせるのは武芸者の所業とも思われません。あれが真剣であれば熊谷の命はなかったものでございますぞ」

「さよう、真剣であればな」

「…………」

「だが、試合は竹刀であった」

「ですから、もし真剣を持って立ち合っておれば、熊谷は絶命していたのでござる」

「仮の話をしておるのではない。竹刀をとって戦ったのであれば、竹刀を納めて礼をして終えるのが作法というもの。その後は武芸者として互いの技倆《ぎりよう》を誉め合うことこそ、武道というものでござろう」

「馬鹿な。助けて頂いた上にこのようなことを申すのは心苦しいが、武道はなれ合いではござらん。相手を倒し、さらに次なる強豪を求めて剣技を磨くことこそが、剣士のなすべきこと。道場主を名乗る価値もない下衆《げす》の者をおだてて草鞋銭《わらじせん》を稼ぐような腐った性根は持ってはおらぬ」

周作の語調の強さに驚いた定吉が目で兄を制してきた。だが男は気にした様子もなく、濁った茶を飲んでいる。器から口を離して周作を見つめた顔には穏やかな温かさが宿っている。

「そう、下衆の逆恨《さかうら》み。これが一番困る。だから力ある者は、下衆を下衆と見抜いたならば、最後まで追い込んではいかんのだ」

「それはどういうことでござるか」

「ま、相手を見て戦えということだな。よしんば真剣をとったところで人が一人死ぬだけだ。たとえどのような高名な剣客であろうと、滅びゆく国を救うことはできん。ならば、生ある者同士、酒くみ交わし、チャンチャリンコと過ごすことこそ、現世を楽しく生きる方法であろう」

「……」

「ところでどうだ、これを食してもらえぬかな」

男は仏頂面《ぶっちょうづら》をしている周作の前に、岩魚の入った笊を突き出してきた。

「ご貴殿《きでん》の流派とご姓名を　承《うけたまわ》りたいものでござる」

岩魚には目もくれずに周作は訊いた。この男と立ち合いたいと希求する気持ちが強くなっていた。それに男は山奥に一人で棲《す》んでいる上、小屋の中には刀らしき物さえない。たとえ敗れることがあっても、そのことを吹聴《ふいちょう》される心配はなく、素手同士の勝負であれば傷を負う恐れもないと判断したためである。相撲《すもう》を取れば小結くらいの力量を持っている自信が周作にはある。

「流派か……」

と呟いた男は、板を渡しただけの天井を見上げた。そうしながら岩魚を定吉の鼻先に持っていった。

「かつては不二一心流《ふじいっしんりゅう》と気取っておったこともあったが、道場を持つ気もなし、一門を張るつもりもないので、どうでもよくなった」

「……」

男は岩魚をさらに定吉の顔に近づけた。岩魚は水に濡れてぬめりと光っている。定吉の黒眼が真ん中に寄って岩魚と睨み合いをしている格好になった。

「どうだ？　すぐにさばいてやるが食してみんか」

「い、いえ、命を救ってもらった上にこのようなものまでちょうだいするのは、恐縮至極でござる」

「なに、ただで食わすとはいうておらん。熊谷道場を破ったとなれば五両ほど儲《もう》けたであろう。二両でいかがかな」

「二両……」

定吉は真ん中に寄った黒眼をくるりと回した。たまりかねて周作は土間に置いた膝を前に進ませた。

「ご姓名をまだ承ってはおりません。是非にお聞かせ頂きたく存じます」

「ご姓名か。色の白い女どもからは、みすたあまっちいと呼ばれていたことがあったな」

「御簾田《みすた》、町《まち》殿……」

「まっちいじゃ」

「町居《まっちい》殿……色の白い女、でござるか」

それは吉原《よしわら》にいる花魁《おいらん》と呼ばれる遊女のことか、いや、この男のむさい風体《ふうてい》から察すれば俗に地獄と呼ばれる顔を壁のように白く塗った夜鷹《よたか》のことか、と周作は思いを巡らせた。

鎮まり返っているのに気付いて目を上げると、男と弟がそろってじいっとこちらを見つめていた。周作は赤面した顔を押し隠して男の前に手をついた。

「御簾田殿にお願いがござる。この周作と是非とも立ち合って下され」

「立ち合い？　それはだめだ」

「先ほど神技に等しい技を見せて頂き申した。なにとぞ一手、ご指南頂きたい」

「それがしはそういうのは好かんのじゃ」

「好かん？　それは何故《なにゆえ》でござるか。かような山奥にこもって独り修行をなさるのは武術練磨のためではござらんのか」

「修行？　ああ違う違う、わしはそんなことのために山にこもっておるのではない」

「違う、と……」

「誰が好《す》き好《この》んで山猿相手に修行などするものか」

「………」

「わしはここで埋蔵金を捜しておったのだ」

「？」

「天然の要害といわれた鉢形城が、豊臣軍の手にかかって落城したのは知っておろう。その折、城を守っていた猪俣能登守《いのまたのとのかみ》の手の者十四名が、百姓に身をやつして密かに脱出したのだ。棹金《さおがね》二百本、小粒金四箱を荷車に積んでいたといわれておる。そのうちの一部がこの先の社《やしろ》の下に隠されておると、わしは睨んでおったのだ」

周作と定吉は思わず顔を見合わせた。金の延べ棒二百本といえば、二万両を下らない金高になる。

「そ、それで発見されたのですか」

定吉が青い顔をして訊いた。小粒の汗を額に浮かべたのは、傷の痛みのせいではないことは周作には分かっている。

「見つけておったらとっくに山を下りておる。それらしき地図を大枚はたいて買ったのだが、まがい物であった」

「そろそろ山も冬仕度に入る。その前に町に戻ろうと思っていたところだ。さ、もう外も明るくなった。この岩魚をここで食するというのであれば二両。抱いて山越えをするというのであれば特別に一両にまけておく。どっちでもよいぞ」

周作は頭の一部が壊れてしまったような思いで男を茫然《ぼうぜん》と見つめていた。それは定吉にとっても同じことだったらしい。男が小屋を留守にしている間、木の上に潜んでいた猟師を礫《つぶて》で打ち落としたのはまさに鬼神の技だ、と熱にうかされたように喋《しゃべ》っていたものだったが、今は古い落とし穴に落ちてしまったような気の抜けた顔でいる。

「さあ、どっちにする」

男は立ち上がって中腰になり、膝に両手を置いて二人を見下ろしてきた。なんだか山賊のように見えた。

「………」

四

周作が洲崎《すざき》村の野っ原に駆けつけたときには、すでに斬り合いが始まっていた。あたりは畑ばかりだというのに、百姓だけでなく、町人や武家の姿まで見物人の中に混じっている。

斬り合っているのは、越後国村上藩内藤家《えちごのくにむらかみはんないとうけ》五万石の家臣四人と浪人者七人である。内藤家の若い家臣二人はすでに斬り倒されて動けずにいる。残った二人のうちの一人はもう老人で、刀を抜いてはいるが足腰が定まらず、重い刀を持つことさえ困難な様子で切っ先は地面に垂れてしまっている。

もう一人は整った顔立ちをした若者であったが、痩せて小柄な身体は剣術に向いているとは思われない。しきりに気後《きおく》れするまいと上体を前に送るのだが、足がついていかず、腰は引けたままになっている。

二人をいたぶる七人の浪人は、いずれもひと癖のある半端な悪相をしており、ことに中央の浪人は醜悪である。固太りで短軀、ギョロ目のうえ頰肉は垂れ、ぶ厚い唇は上下ともめくれ上がって歯茎を覗かせている。赤黒く腫れ上がった面は、酒毒が顔に現われてしまっているものだろう。あれが松田助左《まつだすけざ》だなと周作は見当をつけた。藩の公金八百三十両を横領して脱藩、江戸に逃げ込んだ元勘定方補佐であった男だ。江戸に住んでからは細井義大夫《ほそいぎだゆう》と名を変えて悦に入っているということからも、その剛愎《ごうふく》な悪辣《あくらつ》ぶりは窺《うかが》える。

その赤面《あかつら》短軀の隣にいた、頰に刀傷のある長身の浪人の放った刃が、若者の右腕を捕らえた。若者は刀を落として右膝をついた。見ていた者の間から悲鳴があがった。

「待たれい！」

周作が声を放って前に進み出たのは、そのときである。すでに息は整っている。

「拙者、日本橋品川町《にほんばししながわちょう》にて道場を構える、北辰一刀流千葉周作成政《なりまさ》と申すものなり。これ以上の手出しは無用。さらに狼藉を働くというのであれば拙者が相手致す。いかに！」

六尺の長身を生かして周作は胸を張り、七人の浪人どもを睨みつけた。見ている者の間で声があがり手を打つ者もあった。よし、と周作は唸った。もし相手が歯向かうそぶりをみせれば、機先を制して松田を打つ。浪人どもが尾を巻いて立ち去ればそれはそれで北辰一刀流の名は上がる。周作はここが勝負と息を大きく吸い下腹に力を漲らせた。

文政五年（一八二二年）八月二日。足かけ三年に及ぶ武者修行をふた月前に終えた周作は、妻子と共に移り住んだ日本橋品川町の長屋に道場を開いた。長屋を改造した道場であるから手狭ではあったが、幸い修行中の評判を聞きつけて、十数名の弟子がすぐに集まった。その中の一人に、村上藩内藤家の江戸在府勤めの者がいた。

「藩内の内紛のことゆえ、詳細は申し上げられませんが、家老同士の執権争いもからみ、今般の不祥事《ふしようじ》は内密に片づけなければなりませぬ。国元から探索のため出立した者は四名。指揮をするのは元勘定奉行助役の片岡甚右衛門《かたおかじんえもん》と申す老人で、すでに隠居の身でござる」

残る三人の若者も勘定方に勤める者で、剣術はやっと切紙《きりがみ》程度。対する松田助左は荒木流の免許皆伝、国元の道場で師範代を務めたこともあるほどの遣い手であるという。

「しかも松田は江戸で不逞《ふてい》の輩《やから》とつるみ、金銭にものをいわせて周りを用心棒で固めて遊興に耽《ふけ》る増長ぶり。棲み家を突きとめしときは即刻知らせに上がりますゆえ、是非とも先生に助太刀願いたく……」

改まった様子でそう頭を下げる門弟にしてからが、江戸詰めのため脱藩者探索には加われないという。その複雑な藩事情には閉口させられたが、助太刀は一門の名声を上げるには絶好の機会である。定吉も大いに賛同して、その日が来るのをいまかいまかと腕を撫《ぶ》して待っていた。

それが今朝、朝餉《あさげ》を終えて外出した後に連絡が届いた。定吉は前日より川越《かわごえ》に出張稽古に出ていて留守をしており、家に戻ってきて果たし合いのあることを知った周作はただちに品川町裏河岸《うらがし》から猪牙舟《ちょきぶね》に乗り、大川に出て野菜や樽《たる》を運ぶ荷船の間を縫って横切り、永代橋《えいたいばし》をくぐり小名木川《おなぎがわ》に入って溯《さかのぼ》ってきたのである。大島橋《おおしまばし》からは土手に上って堀伝いを走ってきたのだが、その間も臆する気分はまるでなかった。

だが、抜刀した七人の者と対峙《たいじ》してみて初めて、周作は焦燥感を抱かされたのである。浪人どもが周作の気迫を風と流し、不敵な笑いを浮かべて向かってきたからだけではない。敵のいずれもが真剣を使うことに慣れており、竹刀剣術に親しんだ周作の間合いの不足を知って、周作の切っ先はどのように深く突きかけても、相手の身を捕らえることができずにいた。それどころか、前後左右から自在に刀を突き立てられて、軽傷とはいえ数ヶ所に刺傷を負った。

——こんなはずはない。辛苦の末に到達した我が北辰一刀流が、こんな輩に通じないはずがない。

周作の力みが空回りし、真剣は空を切った。風は冷たいのに顔からは滝のような汗が流れ落ちた。こうなれば、全身全霊をかけて、たとえ一太刀なりとも敵に浴びせ、その上で潔《いさぎよ》く散ってしまおう。周作は悲愴な覚悟でそう思い詰め、刀を下段に構えた。

「周作さん」

背後からそう呼びかける声を聞いたのはそのときである。死を覚悟した周作の耳に、その声はひどくのどかに響いてきた。これは死者の霊の呼びかけに違いない。周作は頑なにそう思って柄《つか》を握り直した。対峙した浪人たちの間に動揺が走った。

「周作さん、老人と話はついた。あんたは休んでいるがよい」

今度は明瞭に声が聞こえた。はっとして横を向くと、忘れられない顔があった。

「御簾田殿！」

この二年の間幾度となく夢に現われ、周作を悩ませてきた男の顔である。一瞬、夢かと見紛《みまが》った。

「ここで何をしておられる。話がついたとはどういうことです!?」

そう周作は叫び声をあげた。にっと笑った男の、子供っぽい瞳がふわりと寄ってきた。

「助太刀料が合意に達したのじゃ。しかし、ま、値切られて往生したわ」

「！」

振り向いた周作の目に、負傷した肩を痩せた若者に支えられて、辛うじて佇んでいる片岡甚右衛門のやつれた姿が映った。それから自分の背後に目を転じ、そこに先ほどまで自分に向かって刃を向けていた浪人者のうち二人が、ぼろ屑のように折れ曲がって転倒しているのを発見した。どのような技を仕掛けられたものか、二人とも白眼を剝き、申し合わせたように口から細かい泡を吹き出していた。

──一体、いつ……。

目を戻すと、腰に脇差を差しただけの男は、無造作に赤面顔の松田助左の前に歩いていって、こやつがそうか、と片岡老人に向かって訊いた。

「この者は上意討ちにしてよいのだな。して、あとの者たちはいかが致す」

男は松田の間合いに入りながら、悠然と顔を後ろに向けて、そういった。周作の瞳孔がいっぱいに見開かれるのと、松田が奇声を発して刀を払い上げるのが同時だった。

その瞬間、血しぶきが上がった。五尺に満たない短軀は首をとばされ、空中高く血を噴き上げてから、古着をつけた木の切株のような形で地面に倒れた。その両腕にはまだ刀が握られていて、刀身は血脂で濡れていた。

周作は驚愕の面持ちで、まばたきする間に放たれた一撃の手練《しゅれん》を思い起こしていた。

男は自分の脇差を抜いたのではなかった。相手が突き上げてきた真剣の峰に掌を当て、そのまま相手の首に向かって押し上げたのである。松田は自分が手にした刀で、自分の首を斬り落としたのだった。

——そのようなことが……。

できるのか、という悲痛な思いは、周作の胸の内に拭いきれない衝撃となって残った。

やっとの思いで顔を上げた周作は、転がっている醜い猪首《いくび》を囲むようにして、四人の浪人者がそれぞれ腕を斬り落とされ、泣き声をあげてのたうちまわっている情景を目にとめ、吐き気を催した。

これは現実《まこと》のことなのであろうか。

傷を負ったが一命をとりとめた二人の若い藩士を、いま決闘を終えたばかりの男が、薬を塗布して落ちついた所作で手当てしている。老人がしきりに礼を言い、腕に手傷を受けた若者が、涙をたたえて男の肩にすがっている。その一団の所へ足を向けるのには、周作にとって、多大な勇気を必要とした。

「私は小和田三四郎《おわださんしろう》と申す者です。このご恩は一生忘れません」

感極まり、若者は人目も憚《はばか》らずに泣き声をあげた。その若者の背中を片岡老人がしきりにさすっている。

「ではそれがしはこれで失礼致す。さすれば、約束の金子《きんす》をちょうだいしたい」

若い藩士の手当てを終えた男は、そういって老人の前に手を差し出した。老人がその手に十四枚の小判を置くと男は頷き、次いで周作の視線が自分の手元に注がれているのに気付いてにこっと笑った。厚い雲間を破って、強い陽光が一気に射し込んできたような熱い思いを周作は感じた。それは自分には届き得ない世界に、こともなげに佇んでいる大人を見る、少年の感傷に似たものであったかもしれない。

「率爾《そつじ》ながらお尋ねしたい。中村一心斎正清《なかむらいっしんさいまさきよ》殿とお見受けしたが」

騒然としている群集の中から、進み出てきた武士がいた。

立ち去ろうとした男は、そう呼びかけてきた武士に、片側の顔だけを向けて窺い見た。旅の装いをしている武士はまだ若かったが、二人の供を連れた立派な幕臣であった。

「拙者江川太郎左衛門《えがわたろうざえもん》と申す。ご貴殿の剣名はつとに耳にしており申したが、目の当たりにしたのは今日が初めてでござる。富士の霊峰より得たりと噂の精神骨法、突いてくる白刃を気で押さえ送り込む早業、絶妙なる剣さばき、まさに不二《ふじ》浅間流《せんげんりゅう》の神髄を見る思いでござった」

「さよう……」

男は少し浮かない顔ですずし気な空を見上げ、呟いた。

「ぐっどたいみんぐ、で、ござった」

男はそっと一団のそばを離れて戦場と化した野原を出ていった。それから、まだ騒《ざわ》めいている人垣の後ろを通って畑に出ると、土の柔らかい畦道《あぜみち》を弾むように歩いていった。その後ろ姿をずっと見送っていた周作は、男の姿が指の先ほどに小さくなったとき、思いがけない震えに襲われた。

小名木川と堀が接する大島橋のそのあたりで、男が不意に振り向いて舌を出すのを見たように思ったからだった。

呆然《ぼうぜん》小吉《こきち》

一

女を見にいこう、と叔父貴分の勝小吉《かつこきち》に誘われて道場を出てきたが、新太郎《しんたろう》の胸の内には、釈然としないわだかまりが溜まっている。

道場にはまだ稽古をつけていない門弟が半数ほど残っていた。新太郎の先輩格の石川瀬平二《いしかわせへいじ》が竹刀《しない》をとってくれてはいるが、師匠が城に登って勤めている日に、留守を守るべき師範代が門弟をほっぽり出して、茶屋女の顔を拝みに行くのはどうかという思いがある。

「おう、あれが芝口橋《しばぐちばし》だ。おうし、もう一息で『若鶴《わかつる》』の評判娘と出会えるぞ」

小吉は汗の浮いた顔を新太郎に向けて、白い歯をこぼした。額に浮いた汗には土埃が付着して、どうかすると猿のようにも見えるのだが、小吉は一向に気にするふうもない。小柄な身体をせっせと弾ませて大急ぎで歩いていく。

——なんとも憎めない奴なのだ。

その思いが小吉の口にする無理難題を容認する原因になっている。

上下《かみしも》をつけた正装で小吉が団野《だんの》道場にやってきたのが四ツ（午前十時）過ぎ。道場脇の小部屋に入って着換えてきて、しばらくの間稽古を眺めていたが、新太郎が汗を拭うために壁板際《ぎわ》に下がると、そっと寄ってきてこれから付き合え、と深刻な面持ちで囁《ささや》いてきたのだった。

何かある、と察知して頷《うなず》いた新太郎だったが、それが今、江戸で評判の美婦を見物に、芝宇田川町《しばうだがわちよう》まで出張しようという誘いと知って愕然《がくぜん》としたが、毅然《きぜん》と断ることができなかったのは、たとえ叔父貴であろうと四歳年下の小吉をいたわる気持ちが心の底にあったからだ。

小吉が養家の娘と婚姻《こんいん》して三年半になるが、一家を構えても小吉の放埒《ほうらつ》ぶりは改まらず、男谷家《おたにけ》に連なる者たちからそれまでに増して冷眼視されている。

七歳で入った養家のおババとそりが合わず、たびたび金をくすねて家出をしたらしいのだが、昨年の春、ふいと家を出たきりふた月も音信が跡絶えたあとは、ついに父兄の逆鱗《げきりん》に触れ、七月の暑いときだというのに、小吉は座敷牢に放り込まれた。

無論それが許された訳ではないので、九ヶ月たった今も、小吉は本所《ほんじょ》の本家の屋敷内に設《しつら》えられた座敷牢で謹慎生活を余儀なくされている。小吉が外に出るのを許されるのは毎月一日と十五日の二日間のみで、その日はかしこまった様子で、小普請組《こぶしんぐみ》の組頭の宅に出勤して、ごきげん伺いをするのである。

手土産《てみやげ》が多ければ多いほど組頭のおぼえもめでたくなり、いずれ御番入《ごばんい》りも望めるというものだが、小吉にはそんな気は微塵《みじん》もないらしい。組頭宅への逢対《あうたい》をいいことに、玄関先での署名を終えるやその日はまず団野道場に来て着換え、そのあとは野犬のごとく市中に飛び出し、浅草奥山《あさくさおくやま》の水茶屋の女を冷やかしたり、懐中にゆとりのあるときは吉原の大門《おおもん》をくぐって仲ノ町《なかのちょう》で寿司等を食い、暗くなるとなに喰わぬ顔で座敷牢に戻っていくのである。

はたから見ると無頼の徒のような生きざまに映るのだろうが、小吉が自分と同じ妾腹の生まれであることや、乱暴者に見えて、その実心根の温かい人物であることを知っている新太郎にしてみれば、ほかの者と同じように、小吉をやっかい者扱いする気にはなれないのである。

小吉にしてみても、新太郎は親戚の中で最も心を許せる人物と認めているらしく、喧嘩をするにしろ、遊びに行くにしろ、昔から必ずといってよいほど、一番初めに声をかけてくる。

もっとも、小吉の我儘《わがまま》を受けて、仕方ないと思いながらも市中にくり出す新太郎にしてからが、本来は遊蕩の気質が巣喰っているのかもしれない。

「おう潮干狩りの帰りけえ。うん、よく太った蛤《はまぐり》だな。とっつぁん、少し分けてくんねえか」

橋を歩いてきた家族連れの町人に小吉はそう声をかけた。男は着物の裾を端折《はしょ》り、両手に竹で編んだ籠《かご》を下げている。小吉はその中にひょいと手を突っ込み、蛤を摑み出して日にかざして眺めている。光沢のある蛤だった。

「いや、そりゃだめだぁ。やる奴ぁきまってるから、ほかのもんにゃやれねえ」

男は四角張った顔の中にある小さな目をさらに細めて眩《まぶ》し気に小吉を見た。ごつい頬をした女房が隣でうさんくさ気な顔で立っている。五歳くらいの男の子は、口をだらしなく開いて小吉を見上げている。

「そういうな。おめえは毎晩嬶《かかあ》の蛤を食っているんだろ。おれは罪人同然の身でそうはいかねえ。せめてこいつを焼いて食いてえもんだ」

小吉は男の女房をしげしげと眺めてにやりとした。どこかの商家の下男らしい男はボーッとして小吉を見ている。小吉はかまわずに男の手にしていた竹籠を一つ取った。あ、と男が声を出した。しかし、出したのは声だけで、身体は地蔵のように固まったままでいる。

「いい手土産になったぜ。銭はこいつからもらいな」

そういって小吉は後ろにいる新太郎を振り仰いだ。

「よう勘定方の旦那、頼んだぜ」

いうなり小吉は一人でさっさと歩き去っていく。仕方なく新太郎は財布を懐中から取り出した。

「いくらだ」

財布の中に指を入れてそう訊いたとき、ぬっと黒いものが出てきた。潮の香を身につけた男の身体が、新太郎と接するように近づいてきて、財布の中を覗《のぞ》いている。

「これでどうじゃ」

油断のならない奴だと思いながら、新太郎は二朱銀を一つ摑み出して男の顔の前に突きつけた。男は傍の女房を見てから新太郎に目を戻し、感情を潰した顔を向けて黙っている。新太郎はもう一つ二朱銀を摑み出して男の手に握らせた。節くれだった指がそれを包み込んだ。

無表情だった男の口がにっと開かれ、黄ばんだ前歯が覗いた。その一つが欠けている。新太郎は礼をいって家族連れの前を離れた。小吉の姿はすでに人通りの多い街道にある。

芝口橋を渡ると町屋《まちや》に入る。芝口は一丁目から三丁目まであり、左右に商店が並んでいる。それほど大きくはないが呉服屋があり小間物屋がある。呉服屋ののれんには、現金安売りと書かれている。旅人の客も多いのだろう。

商店だけでなく水茶屋や一膳めし屋もすでに店を開いている。髪結い、貸本屋と並んで大森《おおもり》に本店をもつ麦藁細工《むぎわらざいく》を売る店の支店があり、客が背中を丸めて並べられた土産物を吟味《ぎんみ》している。

商店に挟まれて戸を閉ざしたしもたやも建っていて、町角の木戸番小屋では軒先に草履《ぞうり》、草鞋《わらじ》を吊るして小商《こあきない》に精を出している。もっとも番小屋の親爺は、不景気そうな面で道往く人々を眺めていた。番小屋としもたやの隙間に祭られている地蔵様の前には、老婆が坐り込んで手を合わせていて、時折その老婆に視線を向ける番太の顔は、すでに成仏しているもののようにも見えないこともない。

街道には行商人、旅人、物見客などが往きかっていて、小吉はそれらの人の間をかいくぐって足早に進んでいく。追いかける新太郎の胸が汗ばんでくる。

——それにしても、あれで一児の父なのだから、あきれたものだ。

袴の裾を蹴りつけるように歩いていく小吉の背中を目で追いながら、首を傾げた。そうしていても自然に笑みがこぼれてしまうのは、ちょうどふた月前の正月三十日に生まれた長男を、座敷牢に閉じ込められている父親の身としては、抱きかかえることも叶《かな》わないという境遇に対して、あわれを催すからである。

気の毒、と思う気持ちが新太郎の口元をほころばせてしまう。悪気はない。ただ何をやっても狂言廻しのようにしか見えない小吉の運命に同情を禁じえないのである。

芝口三丁目を過ぎると源助町《げんすけちょう》、露月町《ろうげつちょう》、柴井町《しばいちょう》と続いて宇田川町に入る。宇田川町の先には飯倉神明宮《いいぐらしんめいぐう》を抱いた神明町があり、その奥には黒本尊を控えた増《ぞう》上寺《じょうじ》が荘厳な姿で建っているが、小吉の関心はしんき臭いものには向きようがなく、その姿はすでに赤白の幕で囲った茶屋の前にある。

宇田川町を横断する形で掘られた掘割を渡って新太郎は小吉の後ろに立った。小吉は茶屋の中を覗いているが、その姿が特別奇異に見えないのは、小吉のほかに中の様子を窺っている町人や武家の家士がほかにもいるからであろう。

「ここが『白滝《しらたき》』だ。美人で有名なのは千加《ちか》という名の女だ。どうだ、それらしいのがいるか」

小吉は新太郎を振り返ろうともせずに、しきりに首を左右に振ってそういった。ちょうど昼時で、朱い毛氈《もうせん》を敷いた床几《しょうぎ》には客の姿が溢《あふ》れている。町人だけでなく、供を連れた留守居役《るすいやく》らしい恰幅《かっぷく》のいい武士までもが、何喰わぬ顔で茶を飲んでいる。

「千加は三十近い年増だそうだ。もしかしたら奥にいるのかもしれんな」

茶屋の奥は座敷になっているらしく、そちらのほうから出てくる客の姿もある。何やらいい匂いが漂ってくるのは、料理も出しているのだろう。毎朝暗いうちから起きて道場の庭を掃き、木刀を振っている新太郎にしてみれば、朝餉《あさげ》をすませたとはいえ、本所亀沢町《ほんじょかめざわちょう》から両国橋を渡って二里近くの道を急がされた今は、腹が鳴って仕方がない。

「まあいい。年増はあとだ。この先にあるのが『若鶴《わかつる》』だ。イトという女は十八歳でな、こいつあ桜の色をもあざむく器量良しだというぜ」

小吉は新太郎の羽織の袖を引いて先に立った。声が上ずっているのは、半月ぶりに市中の賑《にぎ》わいを感じたせいだろう。

「これ、そこいく若者」

茶屋の前を離れたとたん、そう声をかけてくる者があった。雑踏の中で、その声は、人々の間をまっすぐに通り抜けて新太郎の耳に入ってきた。

「ん？　なんだ？」

そう呟《つぶや》いて立ち止まった小吉は声の主を捜してきょろきょろしている。新太郎は小吉の肩を叩き、茶屋の隅に腰かけている男を指差した。

「あいつがおれらを呼んだのか？」

「そのようだの」

二人の視線が向けられると、男はそれを待っていたように腕を上げて二人を手招いた。

「新太郎、あいつを知っておるか」

「知らん」

そう答えた新太郎は、おいでおいでをしている男に引き込まれる奇妙な気分を味わっていた。その印象は小吉も同じものとみえて、足が自然に男に向けられていく。

男は浪人者で総髪を頭の後ろで結ってまとめている。粗末な着物を着ているが、洗いたてらしく不潔な臭いはしない。男は前に並んだ小吉と新太郎を穏やかな表情で見上げた。

「この女がおぬしらに用があるらしい」

男はそういって湯呑みを取り、ゆっくりと茶を飲んだ。そういわれて初めて新太郎は、男の傍《そば》に茶屋で働く仲居が佇《たたず》んでいるのに気がついた。

「別にあたしが用があるわけじゃありませんよ」

色黒で鼻の低い三十過ぎの仲居は、そういってこめかみを指で掻いた。

「あたしはただ、さっきからこちらのお侍様に昨晩から飲み食いした代金を払って頂きたいと、そうお願いしているだけですよ」

うんざりした様子でいって床几に坐っている浪人を見下ろした。さよう、と男はいって湯呑みを丸盆に置き、袖口に刺してあった楊子《ようじ》を抜いて口にくわえた。

「昨日の夕刻いささか喉が乾いてこの茶屋に立ち寄った。すると若い芸妓のような女が傍に来よってな、奥に座敷があり、そこでは酒も出すというのじゃ。酌をしたいというのでわしは奥の座敷に上がり酒を飲み、料理を食った。いやこのところ手元不如意《ふにょい》で水腹でな、久しぶりにうまい料理をたらふく食った。蒸し鰈《むしがれい》などは絶品であった」

男は眼尻を下げて、昨晩の料理を思い出して喋っている。聞かされている新太郎は何のために男の前に立たされているのか、要領を得ないままに男の顔を眺めている。いつもは口うるさい小吉もあっけにとられた様子で、左手に蛤の入った籠を下げて男の前に突っ立っている。

「暗くなって帰るつもりでおったら、つぎに年増の女が酌をするようになってな。これが脂の乗った美しい女で、なかなか弁舌がなめらかで男心をくすぐりおる。わしはとっても愉快になってそのまま一晩泊まり、今の今までくつろいでおったのだ」

男は楊子で歯と歯の間を掃除している。昨晩が満足すべき夜であったことは、血色のよい頬からも窺える。

「それで……」

新太郎は背筋を正し、不作法にならぬように努めて口を開いた。さっきからの見知らぬ男のごきげん話に対して、だから何だ、という思いがある。

「それがしどもを呼びとめたのは、いかなる御用件のためでござるか」

男は得たりとばかり頷いた。

「おぬしらにここの代金を立て替えてもらいたいのだ。今も申したとおりわしは空財布《からざいふ》しか持っておらんのでな」

「し、しかし、ご貴殿とはこれが初対面。ご貴殿が飲食した料理の勘定を、それがしどもが支払ういわれはござらん」

「まあそう固いことを申すな。おぬしらもどうせかわいい女子《おなご》を覗いてみたいと思って、ここらをうろついておったのであろう」

「………」

「わしは大坂《おおさか》で料理茶屋に上がって問屋の旦那衆のもてなしをうけたことがあったが、その折はべった芸妓は顔立ちはよいがみな暑苦しくてな、ぴたりと貼りついたまま離れようとせん」

「………」

「それに較べてここの女は年増ではあるが風通しがよい。酌する指先に情を宿し、さり気ない流し目にも気持ちが籠《こも》っていて、かしこまっていたわしの金玉も覚えず踊り出し、鈴の音もどきにカチンカチンと音をたておった」

「………」

「だがその美婦は決して甘えず、おもねらず、それでいて時折膝でわしの股を突ついてきてな。その微妙な感触が何ともいえず心地よい。着物の襟口《えりくち》から腕を差し入れ胸の脹《ふく》らみに触れてやった折には、あらお戯《たわむ》れをといってシナを造りおった。いい声でな、こちらの気持ちも春の気分に染まりおる。どうじゃ、堪能したか」

男は二人を見較べて嬉しそうに微笑《ほほえ》んだ。話を聞いただけでは堪能するわけもなかったが、小吉も新太郎も何と答えたらよいのか分からず、憮然《ぶぜん》としたまま佇んでいた。

男は両腕を上に伸ばして欠伸《あくび》をした。

「ま、あの女のよさは、若いおぬしらではまだ分からんじゃろ。物事の価値というものは、ある年齢に達して初めて分かりうるということがある」

男は立ち上がった。坐っているときは痩せた貧相な浪人だと見えていたのだが、立って見ると五尺七寸の新太郎より一寸ほど上背がある。五尺二寸の小吉は男を見上げるようにしている。

「では、いずれ借りは返す。今日のところはよしなに頼む」

男はそういって二人の前から離れようとした。ちょっと待て、と叫んだ小吉の声が掠《かす》れている。長い間反論をせずに、辛抱して黙っていたせいなのだろう。

「なんじゃ？」

男は、暢気《のんき》な殿様といった風情で小吉を振り返って見下ろした。小吉は一瞬拍子抜けしたような感じになったが、すぐに気を取り直して声を荒げて怒鳴った。

「なんじゃじゃねえやい。借りは返すといういってえどうやって返すんでえ」

「それは心配ない。わしは近々大金を手に入れることになっている」

男は何かを思い出したのか、口元に含み笑いを漂わせた。

「じゃあ、大金を手に入れたらおれたちに金を返すっていうのかい」

「そうじゃ」

「おれたちの名も住居《すまい》も尋ねようともしねえでどうやって金を届けるというんでえ」

「おぬしたちの名は何という」

男は落ちついた態度で問い返してきた。小吉の顔が紅潮した。茹《ゆ》で上がった蛸《たこ》のようになって口をぱくぱくと動かしている。怒り心頭に発して声が出せなくなったようなのだ。

「それがしは本所亀沢町の団野道場に寄宿しております、男谷精一郎《せいいちろう》と申すものでござる」

新太郎は小吉より先に姓名を名乗った。威圧的な口ぶりになったのは、多少剣に覚えのある者であれば、将軍家指南役、直心影流《じきしんかげりゅう》、団野源之進《げんのしん》の高名は存じているはずだという気持ちがあったからである。果たして男は、「おお」と唸った。唸ったがその後の言葉が続いてこない。

「おれは直参小普請の勝左衛門太郎《かつさえもんたろう》だ」

小吉は男の上背に負けてたまるかというように胸を張ってみせた。男は「おうおう」といった。

「直参旗本とは羨《うらや》ましい身分でござる。何分宜《よろ》しくお頼み申す。女、心配をかけたな、では、さらばだ」

男は、すっかりあきれ顔になって佇んでいた女に声をかけてから、さり気なく背中を向けた。待ちやがれ、と怒鳴って小吉は男の背中をむんずと摑んだ。小吉本来の気合いが戻ってきたようである。

「おめえはいったいどこのどいつだ。ちゃんと申し立てろ。このまま逃げやがると叩っ斬るぞ」

「わしの名か。わしの名はみすたあまっち……」

男は背中を摑まれても驚いた顔は見せず、どこか上の空といった様子で口を開いた。それから目の黒い部分をくるりと一回転させて視線を二人の上に戻してきた。

「まあ、わしの名をいったところでおぬしらには理解できんだろ。異国での、にっくねーむ、であるからの」

「？」

「武士は相《あい》みたがいと申す。いや、今日はよい若者に巡り合った」

男はまだ着物を摑んでいる小吉の手をそっと払った。ふざけるな、と小吉はまた怒鳴った。店先で、それまでけげんな顔で三人の様子を窺っていた町人たちが、小吉の剣幕に驚いて、あわてて後ずさった。刀を抜きかねないと感じたのだろう。

「なにが相みたがいだ。調子のいいことをほざくな。てめえの分はてめえで払いやがれ。おれたちがここの勘定を払ういわれはねえ！」

「ひと月ほど前のことだが、おぬしらは上野《うえの》不忍池《しのばずのいけ》で、やくざ相手に大立ち廻りを演じておったの」

男は小吉のたんかにも動じた気配はなく、のんびりした口調でそんなことを言いだした。それは事実で、花見客で溢れる弁財天《べんざいてん》で町人に因縁《いんねん》をふっかけている無頼の徒がいたので、新太郎は小吉と弟の忠次郎《ちゅうじろう》の三人で、二十数人を相手に喧嘩をしたのだ。

かつてはよく喧嘩はしたものだったが、小吉の兄の彦四郎《ひこしろう》の養子に入り、男谷の家名を継いでからはやくざとはいえ、町人相手の喧嘩騒ぎに巻き込まれることは、極力避けてきた。

ひと月前の喧嘩は匕首《あいくち》を振り回す乱暴者相手で、新太郎は脇差を鞘《さや》ごと抜いて応戦したが、数ヶ所の手傷を負った。町人とはいえ、身をもち崩して命しらずの仲間入りをした者たちには、言いようのない凄味があった。

「不忍池？　ああ、花見の客から銭を奪おうとしていた奴らがいたからな、おらっちが叩きのめしたのさ。それがどうした？」

三月一日のことで、その日も小吉は組頭の家に挨拶に出掛けたあとで、新太郎のいる道場に顔を出したのだ。

「おぬしはなかなか喧嘩に慣れておった」

「あたりめえだ。十六のときからの筋金入りだ」

「男谷殿は剣筋がよい。さぞや修練を積まれたことであろう」

「新太郎は皆伝の腕前だ。あのときの喧嘩がどうしたっていうんでえ」

小吉はいらついて男をぐっと睨《にら》みつけた。

「わしはあの乱闘を見ておったのだ」

小吉の睨みに対して上から覆《おお》いつぶすように、男は威厳をもっていった。

だからどうだというのだ、と新太郎は胸の内で呟いた。

「だから何でえ」

小吉は喚いた。そのとき、男の身体がふわりと後退した。

「では、よしなに」

そういうなり、男の姿はまるでかげろうのように通行人の中に紛れ込んでいった。待てこのやろう、と叫んだ小吉の前に、茶屋の仲居が立ち塞がった。女の顔には細かい筋が立ち、もう我慢がならないといった気迫が漲《みなぎ》っている。

「ちょっと、いい加減にしてちょうだいな」

「うるせえ。おれたちは無関係だ。行くぞ」

「だめよ。あのお侍様の勘定、三両二分、きっちり払って下さいな」

仲居は小吉の袖をひっつかんで金切り声をあげた。取り巻いていた町人のどよめきの中から、ひときわカン高い声があがった。

「三両二分だと！」

声をあげたのは小吉である。無理もなかった。四十一石の知行米では、家族の食する分を除いてしまえば、どんなに高く売っても三十両ほどにしかならない。

それで家族四人、一年暮らしているのである。

「なんでそんな金を払わなくちゃならないんでえ。おれたちはたまたまこの店先を通りかかっただけだぞ！」

小吉は興奮して仲居の頰を張りとばした。はずみに高価な蛤が往来にとび散り、仲居はすさまじい悲鳴をあげてひっくり返った。色黒の脛《すね》が剝《む》き出しになり、奥から駆け出してくる人の気配が響いてきた。

支払うしかあるまい、と新太郎は胸の内で舌打ちをしていた。そうしながら顔を浪人者の消えた街道の奥のほうに向けた。人ごみに紛れた男が、小吉のいっていた『若鶴』という茶屋の中に、吸い込まれていったように思えて仕方がなかったからである。

二

「それで、確かに今日の昼過ぎには、ここに来るといったのだな」

小吉は剣呑《けんのん》な目付きで新太郎を喰い入るように睨んでいる。

「確かだ。おぬしが今日をおいて来られる日はないと申したら、あの浪人は、では、その折、金儲けの秘伝を授けると言い置いて去っていったのじゃ」

道場の裏手にある井戸端で二人は向かい合って話している。朝稽古を終えた新太郎が、冷水で身体を拭っている所へ組頭への挨拶を終えた小吉がやってきたのだ。牢座敷から半月ぶりに出てきた小吉はさすがに顔が少し青い。

「その秘伝とは何じゃ」

「それはいわなんだ。四日前に不意にやってきおって、腹がすいているというので婆さんにあわてて昼飯の用意をさせたのだが、漬物に干魚一枚で四杯の飯を平らげていきおった」

「いったい何者なのだ、あいつは。どうもうさん臭い」

小吉は腕組みをして顔をしかめた。誰よりも怪し気な小吉がいうので思わず新太郎は吹き出しそうになった。

「やあ御両人、お待たせいたした」

横のほうからそう呼びかける者があって顔を向けると、ただ飯食いの浪人が悪びれた様子もなく、にこやかに立っている。二人は申し合わせたように狼狽《ろうばい》した。いったいいつ忍び寄ってきたのだろうと、不気味に感じたからである。

「勝殿、金儲けの秘伝とは、道場破りのことでござる」

「ど、ど……」

口を開きかけた小吉だったが、後の言葉が続かない。新太郎にしても同然で、道場破りという言葉も唐突であったが、男の地獄耳のほうがよほど驚異であったからだ。表門を入って道場とそれに隣接する住居を過ぎて井戸端にまで達するには、二十間ほどの距離を歩かなくてはならない。普段であれば表門をくぐってくる者の気配は感じられる。それが二人とも男の足音さえ耳に入らなかったのだ。裏門は閉ざされていて隣家の庭につながっている。

「道場破りと申されたか」

小吉に替わって新太郎が尋ねた。得体の知れない男だという思いは胸の底に油《あぶら》滓《かす》のように残っている。

「さよう。手頃な町道場を二、三物色しておいた。さっそく参ろう。手順は道々説明する」

「しかし、他流試合を許している道場は稀《まれ》でござるぞ。当道場でも他流との立ち合いは固く禁じられておりまする」

「そこがつけ目じゃ。どの道場でも我らが一番と思うてぬくぬくとしておる。ところが実際は弱い者同士が棒振り遊びをしておるのに過ぎぬ」

男は新太郎の立場を無視して、無礼なことを平然という。新太郎はむっとした。その気配を察したように男はいやいやといって如才《じょさい》なく笑った。

「男谷殿ほどの腕前があれば大丈夫、この近辺の道場主で、お手前の右に出る者はござらん」

「…………」

「そうそう、小吉殿は大身の御旗本の次男坊然という格好をされるがよろしかろう。着流しに木刀を一本差されて、遊び人風を装われるとなおよろしい」

「なんでおれが遊び人を装わなくちゃならねえんだ」

小吉は白眼を剝いて男を睨んだ。

「この手合いなら負けることはない、銭になる、と道場主を油断させるためでござる」

「……む」

「そうそう、さる女子からかようなものを預かってござる。これを着流しの下につけられい。少しお頭《つむ》が足りないが粋な若様に見えて万事好都合でござる。さ、さ、これを身につけなされ」

男は緋《ひ》ぢりめんの襦袢《じゅばん》を懐中から取り出して小吉に差し出した。あっけに取られた顔で小吉はそれを受け取った。男は新太郎に向き直って、あなたは、と妙にやさし気な声を出していった。

「羽織、袴にて身だしなみを整えて行かれるとよろしかろう。先鋒の勝殿が奇襲、大将格の男谷殿が直心影流の正統派となれば、相手の道場主はたちどころに恐れいって、何がしかの金子《きんす》を包んでくることでござろうて」

男は喉を鳩《はと》のように脹《ふく》らませて目をなごませた。小吉がムッと唸って地面に唾を吐いた。

「じゃあ何か、おめえは試合をしねえつもりなのか」

「拙者は武道とは無縁のところで生きている者でござる」

「調子のいいことをほざくねえ。おれたちに危ねえ橋を渡らせておいて、てめえは高みの見物というわけかい」

「そうではござらん。おふた方《かた》にとってはまたとない経験となり申そうと、斟《しん》酌《しゃく》の上でござる」

「それをいらざる斟酌というんでえ。いってえてめえは何様のつもりでいるんでえ」

「さよう、それがしは御貴殿方の、まねーじゃあ、でござる」

「……？」

小吉の目が新太郎に向けられた。初夏の爽《さわ》やかな風の中で、二人は互いの目の奥に潜んだ疑惑を無言のうちにさぐり合った。

「拙者はここでお待ち申しておる。早々に着換えられよ」

男はそういって両手を合わせて揉みしごいた。その如才ない仕種《しぐさ》を目にとめた新太郎は、この男の正体は、実は引手茶屋《ひきてぢゃや》の旦那なのではないかと思ったものだった。

着換えて出てきたが、男の姿は井戸端になかった。表門のほうを見てみたが、そちらのほうにも姿は見えない。着流しの下に緋ぢりめんの襦袢を着た小吉は、やろう逃げやがったか、と声を張りあげながらも、満ざらでもない顔で裾を開いて眺めている。

台所のほうから出てきた下働きの小女にそれとなく訊くと、奥でお昼をお召し上がりになってますという。あきれた思いで台所の隣の小部屋を覗くと、男が静かに茶を飲んでいる。新太郎は賄《まかな》いの婆さんを呼んで小部屋に向けて顎《あご》を振り、小声で訊いた。

「また昼飯を所望したのか」

はいと婆さんは答えて腰を曲げた。

「五杯もおかわりをなさいました。ほかの方のご飯がなくなり、炊《た》き直さなくてはなりません」

目をしょぼつかせて俯《うつむ》いた。新太郎は男に声をかけようとして、ふと口ごもり、目を煤《すす》けた台所の天井に向けてうめいた。まだ浪人者の名を聞いていなかったのだ。

「もし、三両二分の方。食事はもうお済みかな」

新太郎がそう声をかけると、男は初めて見せる驚きの顔を振り向けた。

「や、またしてもお世話をかけた。婆様のお心遣いにはまことに痛み入る」

男は背中を丸めて台所を出てきた。その男を、婆さんは怨《うら》みがましい目で、土間からじっと睨み上げている。

三

小吉の息が上がっている。肩は大きく上下して、被っている面の上からも、顔が炭火のようにまっ赤に脹れ上がっているのが窺《うかが》える。

「えい、やあ！　たわけ！」

とても掛け声とは思えない声を張りあげて、小吉は竹刀を道場の床に叩きつけた。相手がひるむとすかさず体当たりをかまし、腰の浮いた相手の面に竹刀を打ち込んだ。相手は勢いに負けて尻餅《しりもち》をついた。ぜいぜいという喉鳴りが道場に響く。

続いて立ち上がった新太郎は、小吉が手間どった分を取り戻そうと丹田《たんでん》に力を込め、道場の羽目板《はめいた》を震わせんばかりの気合いを発した。えらそうにふんぞり返っている道場主と、片側の壁板の前に並んで坐った四十人ほどの門弟に、甘く見られたくなかったのである。

初めに対峙《たいじ》した相手は、新太郎より数段下の腕前であったが、新太郎は手加減をせずに、喉に二本の突きを入れて相手を昏倒させた。二番目に出てきた相手は、少しはできる者であったが、高い所から三本の面打ちを続けて打ち込むと、竹刀を投げ出してまいったと降参した。

「次、小高治右衛門《おだかはるえもん》。よいか、少々手荒く扱ってやってもよいぞ」

そう声高に命じる道場主の声が震えている。小高の名札は上から二番目にかけてある。この者こそ完膚《かんぷ》なきまでに打ちのめして、次にはあの気取った道場主を引っぱり出してやろうと構えたとき、「それまで」と声を発する者があった。

「それまでござる。いやはや、この者ではとても小高殿の相手にはなり申さん。さすが宗永一刀流、噂どおりの剛剣でござる」

そういって進み出てきたのは、三両二分五杯飯の男であった。新太郎は階段を踏みはずした思いで床に佇んでいた。道場主は威厳を持って頷き、男と共に奥の部屋に消えていった。仕方なく新太郎は面を取った。小高も正座をして面を脱いだが、最前まで鮫《さめ》の腹のように青くなっていた顔が、今は子豚《こぶた》のように紅潮している。

どういうことだ。これではこの道場の看板をはずして持ち帰ることが叶わんではないか。

道場破りといえば、当然命の危険もある。その代わり、勝てば名前が上がる。この道場の門弟を全《すべ》て団野道場に奪い取ることも可能だ。いったい何のためにあの男は絶好の機会を逃すようなことをしたのか。

「いったい何故あのような妨害をなされたのでござるか」

宗永道場を出て中之郷竹町《なかのごうたけまち》の大川沿いの道を北に向かいながら、新太郎は不満に思っていたことを口に出した。そうでえそうでえ、と小吉も相槌《あいづち》を打っている。男から分配された小判二枚をカチカチと合わせて男を睨み上げた。

「ありゃどう見たって新太郎の勝ちだ。師範代をやっつけりゃ、十両の金を奮発したはずだぜ」

「あれでよいのだ」

どういうわけか、男は気のない様子で小吉に応えてから新太郎に向き直った。

「男谷殿、あのように打ちすえてはよくない」

「何がでござるか」

「ご貴殿とあの者たちとでは相撲《すもう》の番付にたとえるなら大関と幕下ほどの力の差がござった。あのように叩きのめしては、あの者たちにいたずらに怨《うら》み心を植えつけるだけでござる」

「お言葉ですが、剣の道に志す者に手加減は無用と存ずる。それはかえって相手に対して礼を失するものでござる」

「道場での稽古はあくまでも竹刀競技。武士道とは関係ござらん。勝ち負けにこだわるより、手合わせをした者たちと知己《ちき》になることのほうが肝要じゃ」

「知己に？　他流派の者とでござるか？」

「さよう。ご貴殿ほどの力量があれば、故意に三本のうち一本は相手に与えることができるはず。くどくどと申さんが、今後はそうなさるがよい」

新太郎は憮然として黙り込んだ。未熟な者に、何故わざわざ一本を与えて喜ばせてやらなくてはならないのだと憤慨したからである。

「そういうおめえはやっとうができるのかよ」

小吉がぞんざいな口調で訊いた。男は答えずにしばらく黙って歩いていたが、吾妻橋《あづまばし》のたもとまで来て不意に声を出して笑った。道往く町人たちが何事かと振り返っている。

「小吉、おぬしはいくつになる」

「二十二だ」

「次の道場では、向かい合った相手の腹めがけて打ち込め。今後一年は、そのことのみに心掛けるがよい」

「えらそうにいうな。おれはおめえの腕前のほどを訊いているんだよ」

「はは、おぬしにいっても無駄だ。しかし男谷殿には借金もあるゆえ、利息代わりにひとつ大道芸をご披露《ひろう》しようか」

男はそういうとさっさと河岸に降りていった。葦《あし》が生い茂り河原石がごろごろしていて足場が悪い。新太郎はくだらないと思いながら男の後についていった。これまでの男の言動から、男を見下ろす思いが身についていた。

「今後道場で他流の者と立ち合われるときは、ご貴殿が真剣、相手が竹刀を持って向かい合っていると言いきかせるとよろしかろう。真剣対竹刀では勝負にならん。されば、いたずらに力量の劣る者を打ちすえることもござらんであろう」

男はそういって静かに腰の刀を抜いた。それを見て新太郎は度胆《どぎも》を抜かれた。刀身が黒く輝いているのである。

「な、なんでえ、その刀は⁉」

二人の間に距離を置いて佇んだ小吉が声をあげた。

「黒妖剣でござる。まずこの刀を抜いた者は敗れることがない」

男の口元に不敵な笑みが広がった。

「さ、男谷殿、思う存分打ちかかってこられるがよかろう」

男の目に侮《あなど》りの色が浮かんだ。新太郎は鯉口を切り、父男谷忠之丞《ちゆうのじよう》の形見である名刀、正宗《まさむね》を抜いた。父は百俵の扶持米《ふちまい》を頂くだけの御家人であったが、検校《けんぎよう》の祖父から受けついだ財産が、相当あったと聞かされている。正宗は小吉の父であり、新太郎の叔父である男谷平蔵《へいぞう》をとおして新太郎の手に渡されたものである。

「参る」

新太郎は柄《つか》を握り直して男を見据えた。男の増長ぶりに許し難い思いが募り、対峙するとさらに気が高ぶってくる。ひとつ鼻先に白刃を見舞って肝を潰させてやろう。そう決意して切っ先に気を集中させた。

足場を固めて一寸の間合いを詰めた。次に打ち込もうとした瞬間、不思議なことが起きた。刀を正眼に構えたままの男の姿が、風に吸い込まれるように後方に遠ざかっていったのである。

「！」

男は足を少しも動かすことなく、五間の距離を後方に跳んだ、そう新太郎はとっさに見定めた。驚愕《きようがく》の思いが脳天を貫いた。しかし、その思いに圧し潰されまいとする気持ちが、新太郎の臆する心を迫《せ》り上げた。

「とおあ！」

新太郎は自らを鼓舞《こぶ》して前に踏み込んだ。いや、踏み込もうと気合いをかけた。

「‼」

目の前に男の顔があった。舌を出せば触れてしまうくらいのところに男の顔が出てきていた。驚きは一瞬のうちに畏《おそ》れに変わり、自ら創り出した畏れは刃に身を変えて、新太郎の剣士としての芯を斬った。

「道場破りをやるのなら、近頃売り出しの千葉周作の道場はどうでえ。日本橋品川町の道場が手狭になったとかで、神田にでっけえ道場を建てているらしいぜ」

「千葉殿の玄武館《げんぶかん》はやめたほうがいい」

「何故でえ」

「あそこには強者がそろっておる。金子をもらい受ける前にこちらが顎を出しておる」

「なんでえ、案外目はしの利くやろうだな」

小吉と男が仲良く肩を並べて前を歩きながら話をしている。いつの間にか吾妻橋を渡り終えて、次の目的地である浅草三間町《あさくささんげんちよう》に向かっている。一刀流の佐伯《さえき》道場には、旗本の子弟が百人ほど集まっているという。

——それにしても、一体どうなったのだ。何故私はここを歩いておるのだ。さっき目の前に現われたあの男の顔は何だったのだ。

新太郎は夢でも見ている思いで歩いている。記憶が消失してしまっているのがどうしても解《げ》せない。

「すると何か、金が入るといっていたのは埋蔵金を掘り当てる算段がついたということだったのか」

小吉の声が、人通りでごった返した広小路の中でひときわ高く響いてくる。男がそれに対して何か答えた。本当かよ、と叫んだ小吉は喜色満面の顔で新太郎を振り向いた。

「よう新太郎、武田《たけだ》の埋蔵金が大菩薩《だいぼさつ》の……痛え！」

突然小吉は悲鳴をあげて蹲《うずくま》った。長い棒で小吉の頭の後ろを殴ってきた者があった。ばらばらと足音がして、小吉と新太郎の周囲を十数人の男たちが取り巻いてきた。新太郎の顔の前にもこん棒が突き出されてきた。新太郎は身をかわして払い落とした。頭の中に風が通り、夢から覚めた思いがした。

「よう、ちょっと顔貸してもらおうか」

「上野では世話になったな。この傷が仇《かたき》をとってくれって毎晩泣いているんだよ」

着物の袖をまくり上げた男の腕に刀傷があった。まだ赤くただれた肉が盛り上がって走っている。

「あのときは酒が入っていて油断したがな、今日はそうはいかねえぜ」

目を細め、腰を低く落としたやくざ者たちは、人目があるのも構わずに、いっせいに懐《ふところ》から匕首《あいくち》を抜いて身構えた。新太郎は刀の鯉口を切り、草履を脱ぎ捨てた。今日は刀を抜かなければ切り抜けることはできないと分かっていた。やくざ者を侮れば、自分たちの命はない。まるで、まむしのような男たちだった。

「く、くっそお！　てめえらみんなぶった斬ってやる！」

頭を押さえて蹲っていた小吉が立ち上がりざま、傍でぼんやり突っ立っていた、三両二分五杯飯の浪人の腰の刀に手をのばして抜き放った。

「おっ！」

男たちは低い声をあげて半身を起こした。だがそれは一瞬のことで、すぐに上体を屈めてじわじわと間合いを詰めてきた。

「黒妖剣じゃあ！　食らいやがれ！」

小吉は獅子頭《ししがしら》のような容貌の男に向かって斬りかかった。わっと喚いて男は往来を転がって逃れた。だが、斬りかかったはずの小吉も、一緒になって前にのめって両手を地面についた。

「な、な、なんだこりゃ」

尻餅をついた格好で小吉は黒光りした刀身を唖然《あぜん》と眺めている。

「ああ、これこれ、その刀を使ってはいかん」

浪人がよたよたといった感じで人の中から現われてきて、小吉の手から刀を奪った。奪われた小吉は魂《たましい》の抜けたような顔でぼうっと男を見つめている。新太郎には何のことだか分からない。

浪人は十数人のやくざ者たちに向かって刀を差し向けた。

「これは魔剣じゃ。おぬしらも喧嘩の遺恨を忘れて立ち去るがよい。そうでないと……」

男はそういって餅屋の前まで進み出た。取り囲んでいた人垣が崩れて、店番をしている小僧の間延びした顔が現われた。男は小僧に何事か呟いた。小僧は口を半開きにした顔で、はあはあと頷いている。

「どうした小吉」

やくざ者たちの目が浪人に向けられている間に新太郎は小吉を抱え起こした。

「あれは、あの刀は……」

小吉は続いていおうとしたが喉が嗄《か》れきっていて声が出てこない。思わず腰がくだけて、再び尻餅をついた。

——あれは竹光《たけみつ》だあ！　竹光にうるしを塗っただけのまがい物だあ！

小吉は胸の中ではしきりにそう叫んでいた。だがやくざに取り巻かれ、人々の騒《ざわ》めきの中心に置かれていては何をどうしたらよいのか分からなくなってしまっていた。

その小吉の目に、餅屋の店の隅に置かれた石臼《いしうす》に向かって、黒い刀剣を振り上げている埋蔵金捜しの浪人の姿が躍り込んできた。

——な、何を馬鹿なことを！

胸の内側で悲鳴があがった。男が竹光を振り下ろすと、思わず小吉は目を閉じた。石臼に当たった竹光がこなごなに砕け散る絵が小吉の脳裡《のうり》に広がった。

「おう」

「すごい。さすがお侍様だ」

どよめきが小吉の耳を襲ってきた。小吉は恐る恐る目を開いた。その小吉の目に、まっ二つに割れた石臼が飛び込んできた。

「！」

「小吉、大丈夫か、しっかりせえ」

新太郎が小吉を抱き起こそうと両腕を腋の下に差し込んできた。

「というわけでな、おぬしらの頭もこうなっては困るであろう。それでも喧嘩がしたいというのであれば、相手をしてやるが、いかがかな」

男は「黒妖剣」と名づけた刀を意気揚々と空にかざしている。あれは確かに竹光だったのだ。あの扇子《せんす》のような軽さは、竹光以外には考えられねえ。小吉は気が遠くなっていくような思いの中でそう呟いた。

「どうした小吉、どうしたというのだ」

新太郎の必死の形相が小吉を励ましている。腰が抜けたとはどうしてもいえず、小吉はただ、おうおう、と頷いていた。

妖怪北斎《ようかいほくさい》

一

「妖怪とな？　ふむ、まっこと妖怪とあらば……」

「退治して頂けますかの」

「ふむ。じゃが、妖怪が妖怪であったためしはないからのう」

菅笠《すげがさ》を被った武家は、そこで笠を上げて、鈴庫山《すずくらやま》から黒川山《くろかわやま》へと続く嶮岨《けんそ》な連峰を望んだ。六尺近い大男でいびつな顔は濃いひげに覆《おお》われている。剝《む》き出した両眼は険しい山道を上ってきたためか充血しており、額から垂れた汗が眉毛にも滴《しずく》となって付着している。

「見た者はおるのか」

武芸者は傍に佇んでいる痩せた枯木のような老人を見下ろした。へえとこたえて老人は奇妙に艶《つや》のある顔を上に向けた。

「ここいらには、昔から雉子《きじ》が人に化けてたぶらかすという伝承がごぜえますそうですが、この頃出没しだしたのは、雉子とは似ても似つかぬ恐ろしい化け物じゃと土地の者はいっとりますだで。なんせ、鬼のような形相に、牛をもひと呑みするほどの裂け口を持ち、六本の足を空中で漕《こ》いで森から森へと翔《と》ぶということですからな」

老人は野良着を着ているが、山村の隠居爺にしてはヘンな俗っぽさを身につけている。薄くなった白髪の下にある目は、老人特有の灰色がかった膜が張り出してきてはいるが、その眼光には異様な執念の塊《かたまり》とでもいうべき強い輝きが潜んでいて、見上げた武芸者の腕前を値踏みするかのごとく無遠慮に眺めている。

「爺い、おのれはここの在の者ではないのか」

三十半ばの武芸者はいぶかし気に老人を見つめ直した。老人は筋ばった指を伸ばして、つるりと顔を撫でた。

「わたしは下総葛飾《しもうさかつしか》の百姓でしてな。信玄公《しんげんこう》の隠し湯とやらに浸かりたいと思うてな、身延《みのぶ》まで行く途中でごぜえますだ」

「ほう、信玄の隠し湯とは恐れいったものじゃ。しかもその年でかような山道を一人でやってくるとはな、よほどの酔狂者じゃの」

武芸者はむさくるしい顔に皮肉な笑みを浮かべた。

二人がいるのは大菩薩峠の頂上に近い宮社の前である。峠《とうげ》の茶屋で喉をうるおそうとそれぞれ反対の道から上ってきたところ、茶屋が閉まっていて仕方なく口をききあったといった様子である。茶屋といっても小屋同然で床几《しようぎ》は雨ざらしになっており、閉じられた戸には筵《むしろ》が被せられている。

大菩薩峠は青梅《おうめ》街道一番の難所で、峠を挟んだ二つの村では、この頂上で物々交換をする。山梨郡《やまなしぐん》の萩原《はぎわら》村から米穀を運んできた者は、妙見《みようけん》大菩薩社の前に米俵を積んで置き、そこに置かれていた荷を持って村に戻り、数日たって小菅《こ》村から来た者は、再び麻布や炭を置いて米穀を持ち帰るのである。小菅《すげ》村には百五十軒ほどの家があったが、山村のため水田での稲作はできなかった。六十石ほどの村高はすべて山畑、焼畑によった。

「このあたりには信玄の『牛の金鉱』があったと聞き及んでおるが、それを見つけた山師どもが、余人を寄せつけぬために故意に流した噂《うわさ》ではないのか」

武芸者は菅笠を取り、皺《しわ》だらけの懐紙《かいし》で顔の汗を拭った。老人は間延びした顔で武芸者を見上げた。

「『牛の金鉱』といわれますと？」

「なんじゃ爺い、信玄の隠し湯は知っておっても金鉱は知らんのか」

「存じません。なんでごぜえますかな、その牛の……」

「牛の形をした金鉱じゃ。発見された金脈が巨大な牛が横たわっているように見えたゆえそう呼ばれておる。武田は天文《てんぶん》年間に百二十貫からの金貨を製造しておる。そのもととなった甲州金《こうしゅうきん》は、あの黒川山で掘られたと記録にもある。掘り出された山金は、あのあたりに位置する柳沢《やなぎさわ》峠を越えて甲州まで運ばれたのじゃ」

武芸者は太い腕を伸ばして北西のほうを指差した。山はすでに秋の色が深まり、霞《かすみ》のかかった緑の山に朱や紫の色が、娘の乳首のように浮き上がっている。

「じゃが信玄が軍費にあてたのは、牛の足一本分にしか過ぎなかった。あとの三本の足の形をした金鉱はいまだこのあたりの山、それあそこの鈴庫山、黒川山、さらに奥の藤尾山《ふじおやま》、唐松尾山《からまつおやま》あたりに眠っているといわれておるのじゃ」

「ははあ、それで思い出しましたわい」

老人は、得意気にひげを撫でている武芸者から目を離し、深山に向かって手を打った。

「襲喰川《たつくいかわ》に『花魁淵《おいらんぶち》』と呼ばれる滝壺《たきつぼ》がありますだが、するとあそこがかの遊女たちを突き落としたといわれている谷でごぜえますな」

「そうじゃ。武田の者も罪なことをしたものよ。妖怪というのも、案外、殺された遊女たちの怨念がより集まって造り出した幽霊かもしれんぞ」

武芸者は不意に顔に似合わぬしんみりとした口調になってまだ明るい空に目を向けた。

金鉱を掘る何百人という坑夫をなだめるため、武田は山中に娼家を建て、城下から数十人の遊女を連れてきて住まわせた。だが何年間かのち、年季のあけた遊女を城下に戻す段になって、輸送の手間を省くため、遊女をみんな谷底に突き落として殺してしまったという話が伝わっている。花魁岩に響く滝のすさまじい音が女の絶叫にも聞こえるのは、溺死《できし》した遊女たちの怨《うら》みの声が籠《こも》っているからだという。

「村人の話だと、十日ほど前に妖怪に出喰わしてやられた修験者《しゅげんじゃ》がおったそうじゃが、この者はしきりに赤い舌、燃える衣とうわごとを呟《つぶや》いていたそうじゃで。これなんぞは殺された遊女の霊に呪われたものかもしれませぬな」

葛飾の百姓だという老人は、どこか愉しむように目をなごませてそういった。

それから腐《く》ちかけた床几に腰を下ろし、下げていた竹筒をはずして中に入っている水をうまそうに飲んだ。

誘われたように老人の隣に坐った武芸者は、老人の手にした竹筒を情けなさそうに見つめた。

「お武家様は修行の旅でごぜえますか」

唇の脇に流れた水滴を獣じみた長い舌ですくって老人は如才《じょさい》なく訊いた。

「拙者は人を追っておる」

「すると、仇討《あだう》ちの旅で」

「ま、そんなところだ。しかももう二年越しになる。見つけ出して首尾よく仇《かたき》を討ち果たさん限り帰参は叶《かな》わんのじゃ。あ、爺い、拙者にも水をくれんか。喉が焼けそうじゃ」

「あ、これは気がつきませんことで」

老人は緩慢な動きで竹筒を武芸者の顔の前に差し出した。武芸者は、おあずけを喰っていた犬が飯に食らいつくように竹筒にとびついた。武芸者の泥にまみれた喉仏が忙しく上下するのを、老人はいたずらっ子のような眼差しで見つめている。

「それでどうなされますだ。妖怪退治をなさいますか。なさるのであれば冥土《めいど》への土産話《みやげばなし》、この爺も是非お供させて頂きたいと思いますのじゃが、いかがでしような」

うぐぐ、と呻《うめ》いて竹筒から口を離した武芸者は、トロンとした目になって街道脇の松の木を眺めた。

「そうさな……ところで、その修験者はその後どうなったのじゃ」

「はい、三日ほどうわごとをいって寝ておったそうじゃが、なにせ髪を切られてはいくら修験者といえども面目が立ちません。そのうち手拭いで頬かむりをして、どこへともなく消えてしまったそうでごぜえます」

「む、髪を切られたとな」

「はい。妙な妖怪でごぜえまする」

「さて、面妖《めんよう》なことがあるものじゃ」

武芸者は不意に立ち上がり菅笠をかぶった。

「本来なれば、拙者がその妖怪の正体を突きとめるところであるのじゃが、拙者も先を急ぐ身ゆえ、寄り道などしておられぬ。爺い、水を馳走になった」

「臆《おく》されましたかな」

老人の声が武芸者の広い背中を射ち抜くように走った。なんじゃと、と怒鳴って振り返った武芸者の目は、砕けた瀬戸物のように散らかっている。

「ぶ、無礼者め。臆するわけなどないわ。武士たる者、くだらん妖怪話などに拘《かか》わり合ってはおられぬということじゃ」

顎《あご》を激しく振って怒ったため、菅笠がゆらゆらと揺れた。老人はへいへいと頭を下げた。武芸者は先ほどまでとは打って変わった目で老人を憎々し気に睨《にら》みつけ、爺い、命を落とすところだったぞ、と捨てぜりふを吐いて下りの山道に向かっていった。

その肩を怒らせた後ろ姿を、顔を上げた老人はニヤリと笑って見送ってから、老人に似ない野太い声で大欠伸《おおあくび》をした。馬の背に荷を積んで往き過ぎようとした馬子《まご》が、ぎょっとした顔で老人を振り返った。そのときには、床几から立ち上がった老人は、もう達者な足取りで歩き出していた。

二

「そうか、逃げおったか」

「はい、逃げられました。前金の二分金をお渡しすると妙にそわそわとしだしましてな、厠《かわや》へ行くと見せかけて、そのまま山の中に姿をくらましてしまいなされた」

「やれやれ、武士までが詐欺《さぎ》まがいの事をするとは、世も末じゃな」

「まあ、ご浪人様でございましたから、いささか危惧《きぐ》はしておりましたのですが、あのように素早く遁走《とんそう》なさるとは思いもよりませんですことで。せっかく北斎様にお知恵を頂きましたのに残念でございます」

「助っ人を募ってすでに五日。その間、名乗りを上げてきたのが、ひき蛙《がえる》のような無宿者と樵《きこり》、それに痩せ浪人一人とはな、しかも、妖怪と聞いて、みんな尾を巻いて逃げおった」

「はい。……しかし、弱りましたな」

「うむ。弱ったのう」

腕を組んで首を傾げたのは、自らを葛飾の百姓と、六日前にひげ面の武芸者に名乗った老人である。傍に新しい画帖が置かれている。写生に出たついでに青梅まで足を延ばして買ってきたものである。日焼けした肌に染みがところどころ落ちているが、その目は以前にも増して好奇心に満ちて輝いている。

「やはり、一両二分の駄賃では、腕の立つお侍様は雇えませんな」

「そういうことかの。しかし、倍の三両払っても、女子《おなご》どもを救えなければ何にもならん。殺《や》られてしまっては、いたずらに山賊どもの気を荒だてることになる」

「八州様《はっしゅうさま》もこちらまでは到底見廻っては下さらず、困ったものでございます」

そういって小太りの身体から吐息をもらして顔を畳に落としたのは小菅平左衛門《こすげへいざえもん》、小菅村の名主である。山村の名主にしては語り口にも落ちつきがあり、小藩の家老並の風格を備えている。村は古くから小菅笠の産地として有名であり、収穫は少なくても山稼ぎの銭が相当入るので、谷村代官所の出役が算出した石高の割には裕福である。小菅家は室町時代、応仁《おうにん》の乱が鎮まった頃の文明《ぶんめい》年間に小菅信景《のぶかげ》によって興され、城も築かれた。

「なんの、たかだか十人ぐらいの八州廻りでは、何の役にも立ちはせんわい。やつらが村にやってくる頃には、博徒《ばくと》どもはみんな隠れてしまっておるわ」

「それどころか、付届《つけとど》けをしないと、あとでどのような妨害をされんとも限りませんからな。まさに害虫のようなものでございます」

「はは、あんたもいうのう」

「北斎様に仕込まれてから口が悪くなりました」

「しかしわしは孫のような若い妾《めかけ》は持っておらんからのう」

「あ、それは、いや、これはどうも」

五十を二つ、三つ過ぎたと見える平左衛門は、緩んだ頰肉をさらになごませた。それから二人は湯呑みを手に取り、申し合わせたように溜息をついた。

「旦那様、重太《しげた》さんが会いたいといって来ておりますだが」

廊下を重い足音をたてて平左衛門の居室までやってきた下女が、そういって膝をついた。そうか、と呟いた平左衛門は湯呑みを置いて顔を曇らせた。

「どうかされたかの」

北斎が小声で訊くと、それが、と平左衛門は上体を前に伸ばしてきて、声をひそめていった。

「山賊どもに女房をかどわかされたと、騒ぎたてたやつですよ」

おお、と北斎は頷《うなず》いた。黒川山の山中に勝手に棲《す》みついた炭焼きの夫婦の女房が、神かくしにあったらしいという噂が流れだしたときには、小菅村の者は誰も本気にしなかった。その炭焼きは小菅村の北隣にある丹波山《たばやま》村に炭を売りに行くのを常としていたし、小菅村の誰も、その女房という女の顔を見たことがなかったからである。

しかし、小菅村の本百姓、重太の女房ヨネが二十日前に姿を消してから、村人の不安は現実のものとなった。続いて、小作人の娘ハツが柴刈に山に入ったきり戻らなくなり、さらに、猟師の徳蔵《とくぞう》が頭の皮を剝《は》がされ、背中一面に火傷《やけど》を負った裸で丹波川《たんばがわ》の支流の岩場に引っかかっているのが発見された。村につむぎを仕入れに来ていた行商人が、妖怪が出たと喚いたのがその二日後で、騒ぎはさらに大きくなり、修験者までも妖怪に打たれて気がふれたと知らされると、九百人ほどの村は恐慌状態になった。神かくし、山賊、妖怪と、それまでの静かな生活からは思いもよらなかった出来事が次から次へと起こり、小さな畑地を耕し、地味な山働きで先祖代々の土地にこびりついて暮らしていた村人は、文政六年（一八二三年）の九月になって、急に眠れぬ夜を過ごすことになった。

「嬶《かかあ》が戻ってきましただ」

庭に面した縁側まで出ると、背中を曲げて佇んでいた重太は、待ち構えていたようにいった。

「それはよかったではないか」

重太の顔が十歳も老け込んでしまって見えるのが気がかりだったが、平左衛門はそういって庭に下りようとした。

「それが、笑ってばかりいるんで……」

「へえ、何を訊いても笑ってばかりいるんで……嬶の頭がこわれちまったみてえなんですだ」

「なに？」

平左衛門は傍にいる北斎を睨んだ。北斎の顔にも青い筋が走っていた。それはどういうことだ、と訊こうとしたとき、庭に走り込んでくる二人の男の影が目に入った。

「おらの女房が消えちまいましただ。米と味噌《みそ》と一緒に消えちまいましただ」

百姓の松次《まつじ》が紙のように白くなった顔を向けて叫んだ。松次は昨年、サトという出戻りの女を嫁にもらったばかりで、本人は駄賃仕事にも労をおしまずに働く真面目な男であった。

「消えたとな？　どのようにして消えたのじゃ」

「わがんねえ。うちん中が突風にあったみてえに荒されていでよ、女房が消えちまっているんだよ」

「山に入ったのではないのか」

「ちがうだよ。今日は木綿《もめん》織りをしなくちゃなんねえっていってだからよ。だどもおらが昼飯に戻ったら、木綿はぐちゃぐちゃになっていでよ……」

　松次は両手で顔を覆い、両膝を折って地面に上体を投げ出した。その様子に、重太と最後に入ってきた五郎兵衛《ごろべえ》が、息を呑んで棒立ちになった。

「五郎兵衛、どうかしたか」

　平左衛門は平静を装って庭に降りながら訊いた。五郎兵衛は村の草分け百姓の出で村役人をやっている。小菅家とは親戚になる。

「お侍がうちで待っていますだ」

　五郎兵衛は周りにいる四人の男たちを見廻してから、平左衛門に向き直っていった。自分の登場がほかの者たちの気持ちの救いになるということを、充分意識している態度であった。

「立て札を見て来なすったですだ。妖怪だろうが山賊だろうが、みんなやっつけてくれるということじゃて」

「助っ人代は伝えたのか」

「一両二分だといっただ。そしたら、それで二石の米が買えるのかと訊くので、今の相場なら二両で二石だといったら、二石分の日当がほしいということだったでよ。おら、名主様に訊いてくるといって出てきただ」

「どんな侍だ？」

「痩せているが、強そうな侍だ」

五郎兵衛は胸を張った。よし、会おう、といいかけたとき、北斎が先に声を張りあげた。

「まず腕前を試すことじゃ。わしが行こう。二両分の値うちがあるかどうか、わしが試してやろう」

三

五郎兵衛に案内されて、痩せた長身の侍が小枝をかき分けてやってくる。北斎はすぐ傍で身を潜めている重太と松次の首根っ子を摑んで、さらに頭を沈めるように下に押し込んだ。六尺の竹の先を斜めに斬り、さらに鋭く研《と》いだ竹槍は、戦国の昔から土冦《どこう》の武器となって数多くの落武者の首をあげている。普段は土蜘蛛《つちぐも》のように目立たない百姓でも、竹槍を摑んで藪《やぶ》に隠れて侍を待ち伏せしだしてからは、すっかり気を高ぶらせてやる気になっている。

中腰になって灌木《かんぼく》の後ろから目を覗かせた北斎は、やってくる侍の様子をそっと窺った。

侍は旅姿であったが、どこの家中にも属せず、長年の間浪々の身であることは一目瞭然《いちもくりようぜん》であった。

　瘦せぎすの身体にまとった小袖は垢じみており、袴は道中で被った土埃で黄土色に染まっていて、ところどころがほつれて破れ目さえある。しかも、何日も満足に飯を食っていないのだろう。顔色は悪く、急な山道を上る足腰に力がない。

　——食い詰め浪人めが。農民を騙《だま》して前渡し金を猫ババする気でおるな。

　北斎は、葉の陰から浪人にじっと目を据えて腹の中でそう唸った。名主小菅家の館まで案内させるのに、わざわざ辺境の獣道を通らせたのも、土冦を装って浪人の不意をつくためである。それで命を落とす侍であれば、とても今度の仕事はつとまらない。どちらにしろ運命だとあきらめて昇天してもらうしかない。

　——わしは六十四歳になったのじゃ。もうあとがない。一日一日が勝負なのじゃ。絵のためには命はおしまん。じゃが、足手まといになる者まで面倒はみてはおれん。駄目な奴は枯野の屍《しかばね》と化せばよいのじゃ。

　妖怪を相手に獅子奮迅《ししふんじん》の働きをする武芸者の姿が、すでに北斎の胸の内では色づきだしていた。実際にその者が大蛇《だいじや》に巻かれて死のうが、鵺《ぬえ》に呑み込まれてしまおうが、北斎には係わりのないことであった。己に筆をとらせるきっかけがほしかった。筆をつき動かす熱情が必要だった。犠牲となる凡人は死しても北斎の絵は残る。描き上げた妖怪退治の絵を思うと、北斎はほとんど恍惚《こうこつ》の状態になった。

——む。

熊笹を膝で押し分けて五郎兵衛が先に立って歩いてくる。少し遅れてついてくる侍の姿が五、六間ほどの距離まで近づいてきたとき、北斎の胸の中を不意に冷風が走った。尖った鼻、薄い唇。何より、青い湖の水をたたえたような暗い目が不吉であった。それに……。

——あの浪人、どこかで見た……。

胸の内で呟きかけたとき、潜んでいた重太が突然吠え声をあげて飛び出した。待ち伏せを知っていた筈の五郎兵衛までもが、びっくりして叫び声をあげた。その声が消えないうちに重太の絶叫が森の中を震わせた。

北斎の耳には、骨の斬れる鈍い音が聞こえただけである。重太に続いて飛び出そうとした松次は、笹に四ツン這《ば》いになっておこりにかかったように震えている。彼の顔には、重太の腕からとび散った血が斜めに浴びせられていた。

「いてえ！　いてえよォ！」

重太は泣き叫びながら、右肘からなくなった腕を押さえて笹の中でのたうち回っている。五郎兵衛は腰を抜かしてへたり込んでいた。見開かれた目玉が潰れた饅頭《まんじゅう》のようになっている。

侍はすでに抜いた刀を鞘《さや》に収めていた。尖った鼻筋、薄い唇、そして、冷たく沈んだ目。すべてが騒ぎの前と同じだった。

「ご老人。少し余興が過ぎるのではござらんか」

侍は干涸《ひから》びた山猿のように曲がった腰でかろうじて突っ立っている北斎に向かって静かにいった。

「いてえ。いてえよォ！　いてえよォ！」

重太の泣き声は、喉から血を絞り出すほどにすさまじいものとなっていた。北斎はその重太の顔を草鞋《わらじ》の裏で蹴とばしざま、笹の上に身を投げ出した。

「とんだそそうを致しましただ。お許し下せえ。これにはわけがございます。どうぞお許しを」

顔を笹の葉にこすりつけてあやまりながら、北斎の胸の内は、小虫が這っているようなむず痒《がゆ》さに襲われていた。そのとき北斎は、にやりと笑っている血みどろの己の顔と対面していた。

四

出発したときは、浪人を見る松次の目に怯えが走っていたが、丹波山村を通り過ぎて丹波川沿いの山道を上流に向かい、支流に入って黒川谷を西に進み出したときには、かなりの落ちつきを取り戻していた。森の静けさが、普段は山働きに精を出している松次に、平常心を呼び起こしたものだったのだろう。といって、行方不明になった嫁のサトを心配する気持ちが消えたわけではない。浪人に対するおそれが薄れると、サトを求める気持ちが強まり、自然に足が速くなる。

松次に続く北斎は、一時半（三時間）を歩き続けても、一向に休みをとろうとしない松次にだんだんと腹が立ってきた。それに、陽は西に傾いているはずなのに、幾重もの樹木が前方を塞いでしまって、西陽を背にした富士の雄大な影絵をおがむことができず、余計に北斎をいらだたせていた。

「待て」

不意に背後から声を浴びせられた。先ほどから、後ろからついてくる浪人の草をかき分ける音は数間《けん》後方に聞こえていたのだが、その声は、一寸後ろから北斎の心の臓を貫くように鋭く放たれてきた。

北斎はぎょっとして立ち止まった。先を行く松次は、青黒く変色した顔を振り向けた。

「一時ほど前に熊が通った」

浪人は耳をすますように佇んでそういった。

「熊？　これ、松次、この辺にゃ熊が出るのか」

「たくさん出やすだ」

松次は北斎に応えて太い首を前に折った。

「いまは交尾の時季だで、気も荒《あれ》えからな。いきなり出喰わしたら襲ってくるだで」

「な、なぜそれを早くいわんのじゃ」

「ずっと木を叩いていたから大丈夫だあ」

松次が手にした棒で時折木をひっぱたいていたことを北斎は思い出した。

「それにしても、すぐに日が暮れるぞ」

「も少し上ると炭焼きの小屋があるがらよ。まず、そごへ行ごがと思ってな」

「近くに川があるな」

いきなり浪人が割って入った。へえ、といった松次の声が怯えのせいか濁っている。

「一町ほど下ったところにあるだよ」

「河原はあるか」

「どうだかな。でけえ岩ばかりだども、捜せば坐れるくれえのとこはあるだろうな」

「今夜は河原で野宿だ。夜は冷えるゆえ、たき火の火を絶やさんことじゃ」

最後の言葉を北斎に向けて言い放つなり、浪人は先に立って右手の傾斜地を進み出した。灌木からとび出している棘《とげ》をさけて後に続きなら、北斎は小刀を抜いて忙《せわ》しく枝を切り落とした。

「ご老人、何をしておられる」

足を止めた浪人が、冷ややかな眼差しで北斎を振り返った。

「じゃ、じゃから……」

年がいもなく北斎はどもった。

「たき火の薪《まき》を集めておこうと思ってな」

「生木はだめだ。薪なら乾いた流木が河原にいくらでも転がっておる」

「へえ」

浪人はそれだけいうと二人に背を向け、ずんずんと歩き出した。急ぎ足のようには見えないのだが、山歩きに慣れた松次もばたつくほどの進み方だった。その力強い足取りを遠くに見ながら、いったいさっきまでの弱々しい足腰はなんじゃったのだろうと、北斎は息もたえだえになって思ったことだった。

川の水を沸かして飲み、握り飯を頬ばった三人は、火を囲んで思い思いのままに横になった。浪人は集めてきた芝草の上に藁《わら》を敷き、その上に腰を下ろし、岩の背にもたれて目を閉じている。刀は胸の前で抱えるようにして立てかけてある。

目を閉じた浪人の顔は、さらに凄みを増して感じられた。絵描きの第六感が、浪人の素性を探ってはならないとしきりに用心の狼煙《のろし》を吹き上げてくる。しかし、好奇心の強い性癖は、北斎の本能でもある。自分でもそれと気付かぬうちに、浪人の呼吸の届く所まで近づいていってしまった。

「なにか用か」

目を閉じたまま浪人が呟いた。へっ、といってとび起きたのは松次だった。そのおかげで北斎は動揺を現わさずに済んだ。

「いえ、お武家様とは、以前にどこかでお会いしたように思いましてな。どうも年を取ると物忘れがひどくて、ちょっとしたことでも思い出さなくなりましてな」

相手を気遣っていったつもりであったが、浪人は何も答えなかった。小菅平左衛門に引き合わされたときも、浪人は討ち倒すべき相手がどのようなやつかということに対しても、一切質問をしなかった。このようなすご腕の浪人に対しては、妙な隠しだてをしないほうがよいと北斎が平左衛門に耳打ちしておいたので、名主はこれまでに起こった不気味な出来事の全てを正直に申し立てた。妖怪、山賊、という言葉を出したときも、浪人の青白い表情はまったく動かなかった。黙って聞いていた浪人が最後に出した質問は、「どちらを優先させるのか」という言葉だけであった。

「どちらとは？　どういうことでございましょう」

浪人の圧倒的な気迫に呑まれていた平左衛門は、緊張のため唇の右脇に痙攣《けいれん》を起こした。

「かどわかされたという二人の女子を救い出すのが先決か……」

浪人はそこまでいって口を閉ざし、平左衛門を静かに見つめた。光の強い午後であったが、その刹那《せつな》、あたりの空気がぴんと凍りついたように北斎には感じられた。

あるいは、と再び浪人が口を開くまでの時が、ひどく永かった。

「あるいは、村に災いをもたらした元凶を斬り捨て、根絶やしにするのか。二つに一つを選択せねばならぬときは、どちらをお選びになるのか、お聞かせ願いたい」

それは、といった平左衛門の顔面は、熟《う》れきった柿《かき》のように橙《だいだい》色《いろ》に脹《ふく》れ上がった。庭先には松次がいた。娘が神かくしにあったとしょげ返っている小作人が、小さな身体をさらに縮めて額を地面にこすりつけていた。ほかにも必死の形相で名主を見つめている百姓が、庭の隅に蹲《うずくま》っていた。

平左、ひよるな、とそのとき北斎は腹の中で呻いた。ここで弱気を見せては、いたずらに犠牲者が増えるだけだ。北斎は侍の斜め後ろに坐りながら、平左衛門を睨みつけた。

「災いの元凶を根絶やしにして下さることこそが、一番の望みでございまする」

平左衛門は両目をいっぱいに広げていった。庭の隅から野太い泣き声があがった。浪人は黙って頷いた。庭先の騒《ざわ》めきが落ちつくのを待って口を開いた。

「こちらから申し置きたいことがござる」

「なんなりと」

平左衛門は上目遣いに浪人を見返した。

「妖怪退治の手当ては五両にして頂く。それに、先ほどそれがしの手にかかって負傷した者にも、同額の見舞金を差し出されたい」

「ど、同額の……」

垂れた平左衛門の頬肉がぷるぷると震えた。まだある、と浪人はいった。庭から聞こえてきたどよめきはそのひと言で鎮まった。

「あの者の傷が回復して百姓仕事が出来るようになるまで、名主殿のお宅で養生をさせてやることだ。よいな」

「は、はい」

「もし、約定を違《たが》えしときは、お主を斬る」

「………」

「お主だけでなく一族郎党、皆殺しにする」

「………」

「よいな」

「はい……」

頷いた平左衛門の上体は、はた目にもそれと分かるほど前後に揺れていた。浪人はそれきり黙ってじっと平左衛門に視線を当てた。目を上げた平左衛門は、浪人のきつい視線に出会うと腰骨が吹き飛ばされたように、上体をがっくりと落とした。それでも、はやく十両をもて、と家の者に言いつけることを忘れなかったのは、代々の世襲名主としての誇りが支えたものだろう。

下男が五両の金子《きんす》を持って重太の家に向かうと、まだ庭先に残っていた百姓の間から呻くような声が低く洩れ、それらは容易に鎮まらずにいた。

無理もなかった。村の本百姓が収穫のうちから年貢を納め、さらに地代、諸経費を引いた残りの収支を金に換算すると、年間で十両ほどにしかならない。畑でとれる大根を売ったところで、一本五文なのである。夫婦の年間食糧が麦三石六斗、米一石。それに子供一人につき九斗かかる。黙っていても出ていく諸費は、塩、茶、油で年間二両。農具、家具で二両。薪炭《しんたん》で一両。そのほか、衣料、年末年始忌仏等の費用に三両二分、親戚などの付き合いに一両とかかり、病気などしようものなら薬代にもこと欠く有りさまとなる。重太に見舞金として出された五両は、一家が半年暮らしていける金子なのである。呻き声は羨望《せんぼう》のゆえに洩らされたものではない。五両という金高の神々しいまでに眩《まぶ》しく、そして重々しい響きのせいであった。

「お武家様、お待ち下さい」

座敷から立ち上がった浪人に向かって、北斎は丁寧に呼びかけた。

「わたしもお供させていただいてよろしゅうございますか」

「勝手にするがよい。ただし足手まといになっても助勢はせぬぞ」

浪人は斜め後ろにいる北斎に向かって、前を向いたままくぐもった声で返事をした。

——権兵衛《ごんべえ》とはな。ずい分と人を喰った奴だ。

北斎の問いかけにも答えずに、岩にもたれて目を閉じている浪人をそっと眺めながら、北斎は胸の内で毒づいた。出立の前に浪人に名を尋ねたとき、奴は「名は権兵衛」とにこりともしないで答えたのだ。そこに、人と相和《あいわ》すことを好まず、拗《す》ね者のように生きてきた浪人の本質を見たように北斎は思ったものだった。

——まあよい。明日になれば手並みが分かる。死ぬなよ。死ねばおぬしの懐中にある五両がわしのものになるだけではないぞ。妖怪と戦うおぬしは、苦悶のうちに絶命した無様《ぶざま》な侍として描かれることになるのじゃぞ。

月明かりが浪人の尖《とが》った鼻に斜め上から当たり、頬に長い影を引いていた。燃えている薪から火がはねた。浪人の表情は苔《こけ》が生えそろったように微動だにしない。北斎は無慈悲のままに固まった浪人の顔を、しばらくの間、息を殺して睨みつけていた。

五

翌朝、空が明るみ出すのを待って山中に分け入った三人は、一時後にそのあたりを猟場とする猟師を見つけ、半月ほど前に頭の皮を剝がされた猟師の死体が流れついたという場所を聞き出した。

さらに半時ほど流れに沿って渓谷の崖っぷちを遡《さかのぼ》ると、猟師がいっていたそれらしい岩場に行き当たった。切り立った崖の端までへっぴり腰で近づいた北斎は、流れの速い水面を覗き込んで気が遠くなりかけた。

「どうやらもそっと上流のほうから投げ込んだようだの」

浪人は深い山の頂《いただき》に目を向けて呟くと、四ツン這いになって戻ろうとしている北斎を置いて、さっさと獣道に入っていった。あうあう、と北斎は声を出したが、松次までが血走った目をして高名な浮世絵師を見捨てていってしまう。

一時後、ようやく二人に追いついた北斎は、浪人が斜面を下って崖下に向かおうとしているのに気がついた。

「何か見つけられたか」

息苦しさをこらえて訊いた北斎の問いかけに、松次が黙って枝の先を指差した。そこにちぎった布が結びつけられている。どうやら襦袢《じゅばん》を裂いたものらしい。それに、枝の先につけられた布ぎれは何かの目印らしく、五、六間置きについている。

「何があっても声を出すな」

浪人は低い声でいって後ろにいる二人を睨みつけた。それから足音を殺して布ぎれのあとを追って下っていった。

北斎は松次と共に、そっと浪人の後をついていった。瘦せた灌木が密生した険しい傾斜地のため、一歩一歩足を踏みしめないとすべってしまう。距離にして半町ほども下ると汗びっしょりになった。

そのとき、前をいく浪人が足を止め、灌木の後ろに身を潜めた。その先は、林が切れて河原になっている。巨岩に挟まれた河原だったが、土砂が固まって乾いた所もあり、飯を煮炊《にた》きしたあとも残っている。さらに目をこらすと、岩の陰に小屋らしいものが見え、川の中に向かって丸太で組まれた橋桁《はしげた》も突き出ている。北斎がそっと浪人のところまで近づくと、川面に渡された橋板にかがみ込んだ作業衣姿の男が、川底の砂利を笊《ざる》ですくっているのが望見できた。

「砂金じゃな」

北斎は浪人の耳元で囁《ささや》いた。浪人は石になったごとくじっとしていて呼吸さえ聞こえてこない。北斎は視線を岩陰に見えている小屋のほうに向けた。迫《せ》りだした大岩を挟んで、向こうにもう一つ河原があるらしい。

――お。

そのとき、岩陰の小屋から、全裸の女がふらふらと現われてくるのが北斎の目に映った。顔は日焼けしていたが、肉のついたその肌は桜の花弁《はなびら》を散らしたようにしっとりと濡れている。射し込んできた朝の光が、黒く艶《つや》のある陰毛を、黒揚《くろあげ》羽《は》が羽ばたくがごとく鮮やかに映し出した。

「サトッ！」

いきなり松次が叫び声をあげざま、北斎を突きとばして河原に駆け下り、女に向かって奔走《ほんそう》しだした。振り向いた女は小さく声をあげ、踵《かかと》まで浸《つか》った水の中によろけるように屈み込んだ。

「サトッ！　サトッ！」

松次は河原石にすべって前に倒れた。そして両手で石を掻きながら必死で女房の名を呼んだ。だが、女は顔を両手で覆って、川の中に坐り込んだままでいる。

黙って見ていた浪人が不意に跳んだ。凹凸《おうとつ》のある河原石の上をすべるように走っていく。浪人は、喚きながら起き上がった松次を追い越しざま、肘をとばして松次の脇腹を打った。松次が崩れ落ちると、見計《みはか》らっていたように岩の陰から白刃を振りかざした二人の男が現われた。

二人ともひげ面の悪人相で、上に汚れた半小袖を着ていたが前は開けたままで、下は下帯をつけただけの山賊のような出《い》で立ちだった。

「ぶち殺せ！」

「うぬおーッ！」

怒声を発して向かってきた男たちを、浪人は足を止めると腰を落として静かに迎えた。二つの白刃が陽の光に眩《まばゆ》くきらめいた。男たちの吐く息が浪人の頭上に届かんばかりになった。それが間合いを詰めきった瞬間だったのだろう。

抜かれた浪人の刀が一閃《いっせん》した。刃が嚙み合う音は全くせず、男たちも声を出すことなく河原に倒れた。ただの一振りで浪人は二人の男の首を胴体から斬り離していた。首のない胴体から流れ出した血が、白い河原石をさっそく、赤く染めはじめた。

——な、なんという……。

そのあとの胸の内の呟きさえ北斎は続けることができず、慄然《りつぜん》としたまま灌木の細い枝を握りしめていた。

「高柳《たかやなぎ》殿！　伏せられい！」

リンとした声が渓谷に響き渡った。北斎はとっさに顔を上げた。対岸の岩の積み重なった崖の上に、いつの間に飛び移ったのか、先ほどまで砂利をすくっていた作業衣姿の侍の姿があった。同時に、北斎の目の隅に、白刃を手に河原に佇んでいた浪人が、身をひねって岩陰に駆け込もうとする姿が映った。

——高柳……。高柳又四郎《またしろう》か！

あやつが音無しの剣で一世を風靡《ふうび》した、あの高柳又四郎か！

感嘆の目を浪人の後ろ姿に向けたとき、「ダーン」と鋭く銃声が鳴った。それが大岩にはねかえって鈍《にぶ》い反響となって戻ってくるとき、岩陰に入った浪人の後ろ姿も伸び上がるように後方に倒れていった。

「高柳さま！」

覚えず北斎は声をあげた。灌木の枝につかまりながら、尻で傾斜地をずるずるとすべり下りるなり、河原石に目をとめることなく走り出した。鬼神のごとき剣を振るった剣客は、理不尽《りふじん》な銃弾に撃たれて瀕死《ひんし》の重傷を負ったのだ。その死に際に、この北斎がつかずして誰がつくのか。

よろめいて走る北斎の顔は白塗りの夜叉《やしゃ》の面のようだった。その脳裡《のうり》に、剣豪と呼ばれた侍のすさまじい死顔が貼りついていた。

「ぎゃあああ！」

絶叫が高いところから落ちてきた。臓腑《ぞうふ》をえぐり出されたような叫び声だった。北斎は頼りな気に足を前に送りながらきょろきょろと頭を回した。

小屋の上方の崖から、銃を持った男が落ちてくるところだった。ざまあみさらせ、と歯を剝き出した北斎は、山賊が立っていたとおぼしき崖の上に、異様なものが潜んでいるのが残像として胸にあるのに気付き、もう一度顔を上げた。

「！」

北斎は声にならない叫びをあげた。その瞬間、頭上の光景が回転し北斎はこけて石に頭を打った。たぶん北斎は四半時《しはんとき》ほど気絶していたのだろう。自分でも何がどうなったのか分からなかった。だが気付いたときには画帖を開いて、見たばかりの妖怪を、ものすごい勢いで描きまくっていた。そして、また気が遠くなった。

六

北斎が目を開くと、まず女房のサトを抱いて泣きじゃくっている松次の姿が映った。頭を回すと、高柳と呼ばれた浪人が、作業衣を着た別の侍から銃弾の傷の手当てを受けていた。穏やかに話す二人の語り声が耳に入ってくる。

「脇腹を貫通したのが幸いであったな。十日もあれば肉が塞がって治る」

「声をかけて下さらなければ、命を落とすところでございました」

「なんのなんの。この二十年というものわしは行く先々で、おぬしの剣名を聞いておっての。いつか再び見《まみ》える日が来るだろうと思っての、楽しみにしておったのじゃよ」

「二十年……もうそんなになり申すか。大坂の天羽勘解由《あもうかげゆ》先生の道場に寄宿していたのは二十歳のときでござった。あの当時から、中村殿はまるで風のように生きてござった。それも天空を飛ぶ風のように高みに座しておられたものだ……」

「気儘《きまま》に過ごしているだけでござるよ。それにしてもご貴殿は、相も変わらず己に厳しく生きておられるようだの。最前の剣筋は並大抵の修行で得られるものではないぞ」

「な、なにをいわれる。それがしはずっと中村殿を心の師として精進してきたのでござる。しかし、それがしの剣は、剣のみの役割しか果たすことができない……それにしてもあのあと、いったいどこに消えたのでござるか。九州一円を捜して歩きましたぞ」

「はは、申し訳ないことをした。実はひょんなことからあめりかに渡っての」

「雨、利加？」

「さよう。ん、ちょっと待て。もう一人女子がおったはずじゃが。首でもくくられたら大事じゃ。ちょっと見て参る」

侍はひょいと立ち上がって岩陰に入っていった。残された浪人の表情には、この二日間のうちでは見せたことのなかった穏やかな色が浮いている。高柳さま、と北斎は声をかけた。浪人が目を向けた。少年のようにすずしい目になっていた。

「やはり、高柳又四郎様でしたか。たしか四年前の文政二年……」

そこまでいって北斎は口を閉ざした。いうべきではないと思った。四年前、門弟三千人をかかえる中西派一刀流の道場では、世紀の試合が催された。新進の剣士千葉周作が、不敗の音無しの剣に立ち向かったのである。半時に及ぶ睨み合いの末、激しく床を打った双方の踏み込みは、相討ちとなって終わった。周作の左片腕面討ちが高柳の竹刀を弾《はじ》いて決まり、高柳の竹刀の先は、千葉の右肩を強く突いた。

その試合を最後に、千葉周作は北辰一刀流を興し、その流派を広めるために修行の旅に出《い》で、高柳又四郎は、それきり江戸を離れ、消息を絶った。

「高柳様、先ほどのあれは何でございましたのでしょう」

北斎は気絶する前に見た異様な生き物のことを口に出した。

「あれか」

「ご覧になりましたか？　あの崖の上の妖怪を」

「見た。だがあれは妖怪でも何でもない。ただの熊だ」

「熊？　し、しかし、あのぴらぴらとした炎のようなものはなんと……」

北斎は落ちつきはらっている高柳を小憎らしく思いながら、老いてますます眼光に強さの増した目を剝き出しにした。見返した高柳の目には微笑みが浮いていた。

「中村殿が熊に女子の襦袢を二枚つなげて着せてやったのだ。雌《めす》の熊なのだそうだ。ひと月ほど前に鶏冠山《けいかんざん》で出会ったといっておられた。あの方は武田軍の埋蔵金を捜しておられるのじゃ」

「く、熊に襦袢を⁉　埋蔵金⁉　なして？」

「それに、今、江戸の娘の間で流行《はや》っているという髪結《かみいわい》の布も熊の頭に結んでやったそうだ。確かに、それらしきものがついておった」

「し、しかし雌とはいっても相手は野生の熊なのですぞ。ど、どうしてそんなことが……」

「あの方はどんな奴とでも仲良くなれるのだ」

「し、しかし！」

北斎の声は脳天から洩れた。そのとき、又四郎どの、と呼びかける声がして中村という侍の顔が岩陰から出てきた。傍に色は黒いが目鼻立ちの整った娘を連れている。数日前にかどわかされたという、小作人の娘に違いない。娘は腰巻をつけただけの姿で頰を朱に染め、恥ずかしそうに俯いている。北斎の頭の中が急に火がついたようになった。

「悪党どもに汚された女陰《ぼぼ》など、洗えば治るといってやったのだ。娘は納得したが、だがわしではなく、おぬしに洗ってほしいと申しておる」

「お、お、お戯《たわむ》れを」

高柳の青い顔は火にあぶられたようにまっ赤になり、一気に汗を吹き出した。

「変わった娘よのう。暗い性格の男が好きなのだそうじゃ」

侍はそういって娘の手を引いて高柳の前に立ち、二人の手を握らせた。困る、これは困る、といって手を引いた高柳は、勢いあまって尻餅《しりもち》をつき、無念の呻き声を洩らした。

「この娘は江戸に出て働きたいそうじゃ。いい機会じゃ。この娘を連れて江戸に戻ったらどうだ」

「そ、そのようなことは」

「そうせい、な、だーく又四郎殿」

そういうと、くるりと背を向け、侍は飄々《ひょうひょう》と流れのほうに歩いていった。あの急流をどのようにして渡ってきたのだ、という疑念が北斎の胸に浮いたが、それもすぐに頭の中で燃えさかる炎の中で燃え尽きていった。その炎とは、驚きの炎である。ふと横に目を向けると、高柳は妖剣の持ち主にあらざるだらしのない格好のまま、両足を広げて河原に坐り込んでいる。傍で白い胸を両腕で隠した娘が、首筋まで赤くして佇んでいる。その風情は可憐ですらあった。

「ご老人、どうしたらよかろう」

高柳が、先ほどまでとは打って変わった気弱な表情で北斎に顔を向けた。北斎は黙って目を閉じた。頭の中では、町火消しに扮《ふん》した若き日の北斎が、一生懸命、鎮火作業に従事していたからである。

にこにこ尊徳《そんとく》

一

板戸の節目から青白い朝の光が射し込んできて、眠っている小吉の額を照らしている。光と共に、小屋の中には冷たい風があちこちから吹き込んできているが、小吉は一向に目覚める気配がない。寝藁《ねわら》を腹に抱え込み、板戸を叩く風の音に負けないくらいの大鼾《おおいびき》をかいている。

夜のうちには、鼾のあい間に、「おのれ！」「ぎえっ！」と掛け声とも叫び声ともつかない奇声を発して新太郎をあわてさせることもあったが、昨夜は鼾だけで済んだ。新太郎の目覚めがいつになく爽快《そうかい》なのは、小屋での起居に慣れてきたためではなく、奇声に邪魔されることなく朝までぐっすりと眠ることができたからである。

新太郎は藁床《わらどこ》から身体を起こし、刺し足袋《たび》（地下足袋）を履き、草鞋《わらじ》をかけて木刀を手にした。建てつけの悪い板戸を持ち上げるようにして横に開くと、待ち構えていた突風がもんどり打ってぶつかってきた。

小屋の中は土埃と藁屑で溢《あふ》れ返ったが、小吉は鼾をかいたままでいる。昨夜、身体が濡《ぬ》れ雑巾《ぞうきん》のようだ、とぼやいていたが、実際にそんな感じの寝姿でいる。着ている野良着だけでなく、小柄な身体まで皺《しわ》だらけになってふやけている。

新太郎は小屋から少し離れた川堤まで行き、固い土に両足を踏まえて、木刀を振りだした。木刀といっても鍬《くわ》の柄を小刀で削っただけのもので、道場で使っている樫《かし》の木刀より数倍重い。四半時（三十分）も振っていると胸にうっすらと汗が浮きはじめた。

太陽は畑を越えた向こうの森の上に姿を現わし、東の空にかかっていた横に長い薄雲をじわじわと押し払いだした。

新太郎は木刀を地面に置いて風を喉の奥に送りこんだ。こめかみに響くほどの冷気が新太郎の瞼《まぶた》を熱くさせる。

江戸ではそろそろ桜の蕾《つぼみ》が色づきはじめた頃だろうが、ここでは荒地の上を寒風が吹きすさぶばかりだった。新太郎の目に入る光景は、どちらを向いても荒涼としていて味気ない。雪を被った大きな富士の山に心を洗われることがあっても、同時に町屋の屋根越しに聳《そび》える江戸で見る富士を思い出し、結局は侘《わび》しさだけが残る。

新太郎と小吉が寝起きする掘っ立て小屋は、大きな石や流木の転がる荒地の中にかろうじて傾いて建っている。

昨年の秋口まで、他郷を逃げ出してきた日雇いの百姓が住んでいたと聞いているが、結局は荒地を開墾《かいこん》できぬままに再び逃げ出したという。

冬の間うち捨てられていた小屋は、十日前に新太郎と小吉が恐る恐る覗《のぞ》きこんだときは、藁屋根の一部が落ち、板壁は腐って破れ、土間の腐土からは得体の知れない茸類《きのこるい》が生え、その下では三尺余の蛇《へび》がぬくぬくととぐろを巻いて眠っていた。

二宮《にのみや》ナニガシという村の地主に命じられた小作人が二人来て、半日がかりでのそのそと修復していたが、それでも直参旗本がたとえ雨露をしのぐだけにしろ、寝起きするにはあまりにも情けない棲家《すみか》であった。

——おれはもういやだ。何が埋蔵金だ。こんな荒地のどこに小判が埋まっているというのだ。

昼となく夜となくこの十日間というもの小吉は喚き続けているのであるが、その悲痛な叫びは新太郎の気持ちを写しとったものでもあった。

——無役の小普請《こぶしん》とはいえ、おれはれっきとした旗本だぞ。それが何が悲しゅうて人夫《にんぷ》の真似事をしなくちゃならねえんでえ。これなら座敷牢にいるほうがましだ。

新太郎が師範代を務める直心影流の団野道場には、各藩から藩士が集まってくる。その中に、大坂から配置換えになって江戸勤めとなった番頭《ばんがしら》の家士がいて、小吉はその者の口ぐせを真似てぼやくのである。

何が悲しゅうて、というとき、大坂の者は両方の眼尻を下げて唇を突き出し、ひょっとこのような顔付きになる。年下の者にさんざん打ちすえられたあとできまって見せるしぐさなのであるが、小吉もそっくり同じ表情になって嘆く。ただし、小吉の場合は踏まれて潰《つぶ》されたひき蛙《がえる》に似ていないこともない。

その言い方がおかしくて、新太郎は内心にやりとするのであるが、そうしたからといって黒鍬《くろくわ》まがいの土木作業から解放されるわけではない。

ここに来てからというもの、二人は毎日野良着に脚絆《きやはん》草鞋がけの人夫姿で畚《もっこ》を担ぎ、荒地に転がっている石を堤まで運んでいるのである。そこは相州《そうしゅう》足柄上《あしがらかみ》郡《ぐん》というところで、栢山《かやま》村のはずれにあたる荒地である。足柄平野の一部だとはいっても、酒匂川《さかわがわ》の氾濫《はんらん》によって、土砂の下に埋められてしまった畑を開くのは容易なことではない。

小石はそれぞれ背負子《しょいこ》に入れて背負って運び、大きな石は二人の肩に丸太を渡し、畚で運ぶのだが、足場も悪く、平衡感覚がうまくとれないためいたずらに力が入る。二、三日は背中といわず腰といわず、畳針を突き刺されたような痛みで起き上がることができなかった。

それを、

「あはは、おさむれえさま、からだが痛むずらか」

と毎朝笊《ざる》に玄米を入れてやってくる歯の欠けた小作人に笑われて以来、新太郎は見栄を張りとおすことにした。腰をかがめて歩かねばならないほど痛んでいても、歯を食いしばって背中をまっすぐに立て、すずしい顔をして作業を続けたのである。顎《あご》に力をこめて耐えたせいか、四日目の晩、奥歯の一つが欠けた。

朝日はすでに全貌を森の上にかかった薄雲の上に現わしている。さっきまで赤《しゃく》銅色《どういろ》に震えていたものが、心もち小ぶりになり、それに替わって視線を向けていられないほど眩《まぶ》しく光りだしている。荒地の上に漂っていた霞《かすみ》も、今はあらかた姿を消してしまっているが、空気は陽光にはかかわりなく、小屋から外に出てきたときと変わらぬ冷たさで新太郎の身体を縛りつけてくる。

新太郎は傍の木刀を手にして立ち上がり、さらに百本ほどの打ち込みを続けた。

川の堤にぽつんと黒い影が一つ、空にできた染みのように現われるのを目にとめると、新太郎は安堵《あんど》の息を吐いて木刀を下げ、小屋のほうに足を向けた。ほっとしたのは、これでどうやら今朝も朝餉《あさげ》にあずかれそうだと思ったからである。

二

「さすがおさむれえさまずら。あんだけあった石を、たった十日でかたづけてしまったもんなあ」

小作人の万吉《まんきち》が鍋の中に水を注ぎながらそういって、欠けた前歯を二人のほうに向けて笑った。毎朝、万吉が半里の道を歩いて、村から二合分の玄米を笊に入れて運んでくるのである。

玄米一に対して八倍の水を入れる。そうして鍋一杯に脹《ふく》れ上がった玄米粥《がゆ》が、二人の一日分の食料となるのである。

漬物と玄米粥だけの食事では、人夫仕事はさすがにもたない。怒った小吉が握り飯を持ってこいと万吉を殴りつけて怒鳴ったが、

「そんなことしたら、おらがおこられるずら」

と土蜘蛛《つちぐも》のような顔を向けてにっと笑う。だれに怒られるというのだと詰問しても万吉は答えない。いくら殴ってもしぶとく口を閉ざしているので、数日前より小吉もあきらめてしまった。万吉を買収しようにも、二人の懐中には一銭も入っていないのである。

「おい、いったいいつまでわしらにこんなことをさせておくつもりなのだ。中村殿から何か連絡はないのか」

藁床にあぐらをかいて坐った小吉は、そういって万吉を睨《にら》みつけた。万吉が小屋に入ってくるまで鼾をかいていたのだから、当然その顔はまだ寝惚《ねぼ》けている。

新太郎は枯木を火床に乗せて火を起こした。

「ながむらって、だれずら」

「それはわしらをここに……まあよい。早く粥を作れ」

「へえ、いま、やっているずら」

「おまえら、毎日こんな粥腹でよく農作業ができるものだな」

「へえ。おらたちは米と麦を混ぜて食っているだに、腹は夜までもつずら」

「けっ、新太郎聞いたか。水呑百姓が米食って、天下の直参が百姓のおこぼれにあずかって粥を食わせてもらっているんだとよ」

小吉はそう喚くと後ろに倒れ込んだ。ごつんと大きな音がして、痛え、と叫ぶ小吉の情けない声が小屋の中に響いた。万吉は表情を動かすことなく立ち上がり、空になった笊を手にして、そんじゃ、と挨拶を残して出ていった。

そのあとも、小吉は頭を押さえてしばらく唸っていた。やがて「おれは江戸へ帰《け》える、銭なんぞなくたってなんとかなる。強盗をしてでも江戸へ帰えってやる」と言い捨てて小屋をとび出していった。

おい、野良着のままでどうする、といおうとした新太郎だったが、三日前にも同じようなことをいってとび出していった小吉が、肥え溜めに片足を突っ込んで戻ってきたことを思い出して鍋に目を戻した。そして、さて、と胸の内で呟《つぶや》いた。

あの御仁は、いったいいつまでわれわれをこの小屋に閉じ込めておく気なのかと、思ったからである。

新太郎がその書状を受け取ったのはひと月半前の正月半ばのことである。封書の表には「団野道場男谷精一郎殿」と新太郎の名が麗々《れいれい》しく書かれてあり、裏に中村一心斎正清としたためられてあった。

はてなと首を傾げかけた新太郎は、正清の名の横に虫が這《は》うような仮名文字が書かれているのを目にとめ、それが「まっちい」と読みとれたときには、はたと膝を打った。

ちょうど一年前の春に、小吉と新太郎を率《ひ》き連れて、本所から両国にかけての界隈《かいわい》の剣術道場を訪れ、道場破りと称する草鞋銭稼ぎをさせた人物だったからである。

その夜小料理屋で祝杯をあげたあと、得体の知れない浪人者は忽然《こつぜん》と闇の中に消えていってしまったものだが、その前に「武田軍の埋蔵金の隠し場所の目星はついておる。きっと連絡をするゆえ、その折は何を置いても拙者の元へ参られよ」と撃剣家には似つかわしくない油っぽいことを二人にいっていたのである。

浪人者と過ごしたその日のことは、鮮明に覚えている。目から鱗《うろこ》が落ちるというような衝撃的な興奮を受けたわけではないのだが、浪人と一日接したあとで、新太郎は自分が一皮剝《む》けて新たに再生したような思いを持ったものだった。

小吉は……、叔父貴分の小吉は、どういうわけかあの日から腰を痛め、座敷牢の中に戻ってからも痛みでうなされることもあったという。

新太郎にとっても腑《ふ》に落ちないことが一つだけあり、それはたびたび夢に現われてきた。二間離れた向こうで佇《たたず》んでいた男が、まばたきをする間に、二寸先にまでその顔が迫ってきていたことである。それは実際に体験したはずのことなのだが、そのときのことを思い出そうとすると、いつも記憶が途中で跡切れてしまい、深い霧の海の底に突き落とされたような戸惑いに陥る。

ただし夢の中の新太郎は、刀を抜き合わせた浪人者に対して、こやつは、妖術使いではないのかと、汗をかいて大いに焦っているのである。

中村一心斎からの書状は、果たして、埋蔵金発掘の協力要請であった。雪解けを待って山に入ると書かれてあり、今からひと月後、東海道、小田原《おだわら》宿手前の酒匂川渡し口の旅籠《はたご》に来られたしとしたためられてあった。

それを読んで、文武に長《た》けた師平山行蔵《ひらやまこうぞう》を範とし、謹厳実直に生きてきた新太郎の腹の底で、ごろりと揺れるものがあった。男谷家三代に伝わる無頼の血が騒いだのである。

その書状には、くれぐれも勝小吉と連れ立ってくるようにと書かれていた。

小吉は、この頃一人歩きをするようになった息子の麟太郎《りんたろう》を溺愛《できあい》しており、その盲愛ぶりが父と兄に認められて、まだ本家の監視下にあるというものの、昨年の秋からは組頭への挨拶日の一日と十五日以外にも、筋をとおせば外出が許されるようになってきた。

ただ、小吉の場合、問題になるのは銭である。路銀は往路の分だけあればよい、と一心斎の書状にはあるが、その片道の路用を捻出するのさえ小吉にはむつかしかった。

正月の餅代《もちだい》にもこと欠き、七草粥を食うにも総菜が添えられず、古道具屋からただ同然でもらいうけてきた錆《さ》び刀を研《と》ぎに出し、それを道場に通う若者に強引に押しつけて売りさばき、どうにか糊口《ここう》をしのいでいる始末なのである。新太郎とて、今は養家に婿《むこ》入りした身でそれほど小遣いは潤沢ではないが、赤貧洗うがごとしの小吉の生活を目の当たりにしては、どのような贅沢もいえなくなる。

小田原までの路用はなんとかするが、行くか、と小吉に一心斎からの書状を見せながら訊くと、小吉は二つ返事で、参る、と答えた。といっても小吉もぶらぶらしているとはいえ小普請組、新太郎も御先手《おさきて》として将軍につかえている身である。上司の許可なしで勝手に旅などには出られない。二人は参拝のため、三河《みかわ》の親戚に挨拶のため、などと理由をつけて手形をもらい、小判ザクザクの夢を抱えて意気揚々と東海道を上っていった。

戸塚《とつか》宿で一泊した二人は、翌日は早立ちで藤沢《ふじさわ》、平塚《ひらつか》、大磯《おおいそ》、梅沢《うめさわ》と過ぎ、日の沈む前には酒匂川の渡し口に到着していた。そこは網一色《あみいしき》村というところで、渡しの前の街道には旅籠が並び、旅人の姿も多く、二十人ほどの川人足は忙しく働いていた。

二人は『波乃屋《なみのや》』という旅籠に泊まり、その夜はゆっくりと風呂に入り、夕食には銚子《ちょうし》を一本つけて飲み、旅気分を味わった。小吉は宿の女中をからかい、大いにごきげんになっていた。だが笑顔でいられたのはその日まででであった。

翌朝、宿に現われた一心斎に、酒匂川沿いを北に三里ほど上った村に連れていかれた二人は、そこで荒地を開墾するように命じられたのである。

三

「鍛錬が大事だ」

川風が、鞭《むち》のような音をたてて小吉と新太郎の頬を打っていた。二人の前に佇んだ浪人者は、小袖に胴着をつけただけの格好でいながら、ばかにのどかそうな表情でそういった。

「……」

二人は手渡されたばかりの野良着を手にして、悄然《しょうぜん》と佇んでいる。まるで狐《きつね》につままれたような気持ちでいた。

「いきなり鍬を持って山に入っても使いものにはならん。埋蔵金は何丈という深い地中に埋められておるゆえ、土を掘るのは容易ではない。雪解けを待っておる間、おぬしたちはここで、開拓がてらの穴掘り鍛錬をされるがよろしかろう」

浪人者はそういってから、傍で黙然と突っ立っている農民に目をやった。

「この人は二宮尊徳というお方で、相州《そうしゅう》では聞こえた農政家じゃ。まだ若いが、各地の領主から、破綻《はたん》した財政を建て直す相談を受けるほどの御仁じゃ」

浪人者から紹介をうけた農民は憮然《ぶぜん》と頷《うなず》いて、細い目で二人を見つめた。浪人者は彼を若いといったが、新太郎の目には五十歳より若くは見えなかった。

「この村の者で二宮と申します。お二人のお世話をするように、中村様から申しつかりました」

農民はいんぎんに頭を下げた。風体は百姓でも髷《まげ》は武家の物である。それに、見たこともないほどの大男であった。傍の浪人者にしても五尺八寸ほどの上背があるが、それでも農民の眉毛あたりまでしかない。長い顔には刃で斬り刻まれたような深い皺が幾本も走っており、広い肩幅と野良着からはみ出した太い腕とごつい脛《すね》は、これまでの勤倹力行《きんけんりっこう》を証明するに足りる力強さに溢れていた。

「毎日一畝《せ》歩（三十坪）ずつ開墾なされるとよろしかろう。とりあえずお一人一反《たん》歩（三百坪）の面積の荒地を用意してござる。大きな石は二人がかりで片づけられるとよろしかろう」

二宮という農民は足元に置かれた丸太、鍬の類《たぐい》を片手でひょいと掴んで二人の前に置いた。小吉は新太郎のほうを向いて何か言いかけた。だが、口が凍りついて何も喋ることができない。新太郎にはまだ事情がよく呑みこめていない。一畝というと簡単のようだが、石と雑草だらけのこの荒地を平らにするのは容易なことではない。それを旗本である自分たちが野良着に着換えて、毎日作業に従事するということの理由が、さっぱり要領を得ないのである。

「わたしはどなたにも分度を定めるという方針をお願いしております。すなわち、十石の作物をとれる家では九石五斗を分度と定め、五斗を残して他者に譲るということでござる」

「ゆずる？」

小吉が初めて声を出した。見上げるような大男に対して、五尺二寸の小吉は古ぼけたこけしのような様子で佇んでいる。

「さよう。別言すれば分相応の生活をなさるがよろしかろうということです。従って、何の収穫も見込めないこの荒地を拓《ひら》く方には、まず一人一日一合の玄米が適当でございましょう」

「一人一合だあ？　やい爺い、おれたちは将軍様におつかえする旗本だぞ。おまえに何ゆえそのような規制をされなくちゃならねえんでえ。でえいち、この野良着はなんでえ」

大男の農民の、武士を見下ろした態度にいささかむっとしていた新太郎は、やっと出た小吉のたんかを耳にして、ほんの少しだけだが溜飲を下げることができた。

待て待て、といったのは一心斎という浪人者である。不思議な懐《ふところ》の深さを備え、魅力のある人物であるが、新太郎は完全に心を許していた訳ではない。

「二宮殿を爺いなどと呼んではいかん。この御仁は天明七年の生まれで、拙者より五つも若いお方なのだ」

「天明七年だ？　するってえと……」

小吉は目玉をギョロリと一回転させた。新太郎も小吉に合わせて目を剝いた。文政七年（一八二四年）の今年より三十七年の昔が天明七年である。すると一心斎は四十二歳ということになる。二人は奇《く》しくも天明の大飢饉《だいききん》のさ中に生まれ、幼少時を過ごしたのだ。だが、そう考えたところで、諸国を遍歴《へんれき》しているらしい武芸者と、農村の再興を得意とするらしい農民との関係がどういうものか、分かったわけではない。

「ではわしはまだ調査することが残っているゆえ、これで失礼つかまつる。二宮殿、よしなにお頼み申す」

首を傾げていると、一心斎は不意にそういって身体を回した。村に着いてまだ四半時と経っていない。ちょっと待て、と新太郎が心の中で叫んだとき、すでに背中を向けて歩き出していた浪人者はひょいと振り返って男谷殿、と改まった口調で口を開いた。

「逃げ帰るのは無駄でござる。拙者、ご貴殿の財布をお預かり申しておるゆえ」

最後に、にっと笑って寒風の中を泳ぐように立ち去っていった。

「い、いつの間に……」

そう叫んで懐の中に手を入れた新太郎は、財布の替わりに一枚の紙切れを指先に挟んで引き出していた。それにはこう書かれてあった。

「剣に道あり、荒地に気あり。それにつけても金のほしさよ。許されよ」

文字の上に目を置いていた新太郎は、寒風の中で五体が徐々に崩れていく感覚にとらわれていた。そして、気力が萎《な》えようとする瞬間、それは恍惚感《こうこつかん》に変わっていた。


鍋から白い泡が吹き出している。新太郎は万吉にいわれたとおり火力を弱め、蓋《ふた》をとってひと摑みの塩を入れた。四半時、煮込んだあとに塩を入れるのがうまい粥を作るコツなのだという。

一心斎が調査のために立ち去ってすでに十日。月代《さかやき》もひげも伸び放題の新太郎と小吉は、どこに出しても恥ずかしくないほどの無宿人足になっている。

──生まれてこの方二十六年。粥を煮たのは今度が初めてだが……。

悪いものではない、という思いが新太郎の胸に去来しはじめていた。幼少の頃より剣を学んだ師の平山行蔵も、粗食に耐えて書を読み兵法学を著《あらわ》した古武士であったが、その姿は人の形をした石が凍りついてしまったような物悲しい脆《もろ》さをも感じさせた。

――だが、今の私は少し違う。空腹だがひもじくはない。武士ではあるが体面を重んじる気もない。身体の芯に張りが生じてはいるが気持ちに生を愉しむ余裕がある。

これは、いかなるものに起因したことであろうか。

ドン、と戸板を蹴とばす者がいて、戸が大きく横に開かれた。風と共に糞尿《ふんにょう》の臭いがなだれ込んできて新太郎の鼻を打った。

江戸に帰る、と喚いて出ていったはずの小吉が、折れ案山子《かかし》のように佇んでいる。髪は乱れ、目は季節はずれの線香花火のごとくはね回っている。

「なんだ、また片足を肥え溜めに突っ込んだか」

新太郎は鍋に視線を戻しながらいった。いや、と返事をした小吉の声が水っぽく濡れている。

「今度は両足を突っ込んだ」

新太郎は静かに顔を上げて小吉を見た。恐らく氷の張った肥え溜めに落ちたのだろう。野良着の両膝までが、銀箔《ぎんぱく》を貼ったようにキラキラと光っている。

四

「そのようにいたずらに力を入れては、鍬は用をなし申さん」

尊徳は鍬の柄《え》を握っている小吉の両腕を、ひょいと摑んで上に振った。

「痛えじゃねえか。バカ力を出すねえ。おめえは百姓よりか相撲《すもうと》取りのほうが向いているぜ」

腰をふらつかせながら小吉は精一杯の抵抗を示した。尊徳の長い鼻梁《びりよう》が短刀のように鋭く小吉の眉間《みけん》に向けられた。

「腰を落とし、膝にゆとりを持って柄を振り上げ、鍬の先の重みを手に感じとりながら、土を掘るのでござる。勝殿の場合は、振り上げた鍬を、頭の上で通過させる時点で、全ての力を注ぎ込むため、かえって土を掘る鍬の先が方向を見失ってしまうのでござる」

尊徳はそう言いながら、小吉の背後に佇んで、小吉の両手を上から包み込んだ。そうして小吉の腕を使って鍬を振り上げ、振り下ろした。小吉は、う、とか、お、とか声を出して、それでも真面目に尊徳にされるがままに鍬を振り下ろしている。

大方の石や流木を捨て去った荒地には、しかし、まだ棘《とげ》の多い雑草をはじめ、土の中には砂利や根が埋まって互いにからみついている。それを掘り起こして整地するには、鍬を振るうしか方法がない。

昨日は万吉が手本を示してくれたが、小吉がまるで働かないというので、今日は忙しい身体《からだ》の尊徳がわざわざやってきてくれたのである。

二宮家はもともと富農であったが、度重なる酒匂川の氾濫で多くの田畑が土砂に埋まり、その混乱に乗じた大地主に残った土地を奪い取られ、尊徳が十六歳のときには人の好い両親は餓死同然で亡くなり、一家離散の憂き目に遭ったという。

当時金次郎《きんじろう》という名の尊徳は、叔父の家で小作人同然の扱いを受けながら本を読み、厳しい生活と労働を強いられながら、十年の後には三町八反歩の畑を持つ農家へと再興していた。その話を万吉から聞いて以来、小吉はともかく、新太郎の尊徳を見る目が変わった。一体全体、かような荒地から、どのような工夫をすれば、一家を成すだけの作物を収穫できるというのだろう、と折にふれ考えるようにもなった。尊徳のしぶとい生命力は守宮《やもり》の化身を思わせるものがあり、その頭脳も決して侮《あなど》れないと新太郎は洞察している。

「大事なのは肘でござる」

尊徳は小吉の背後から覆《おお》いかぶさって、その肘を親指と人差指でつまんだ。

「いて」

小吉が喚いて茹《ゆ》で上がった蛸《たこ》のような顔を振り上げた。

「バカ力を出すなといっただろ。おめえの親指はおれの拳くらいあるんだからよ」

「肘は常に土に向けられるよう、心掛けるとよろしかろう」

小吉の文句にも尊徳は動ぜず、眉一つ動かすことなく指導を続けている。

「鍬を振り上げるとき、肘が外に向けられてはせっかくの力が拡散してしまい申す。これは剣の道にも通じることなのではござらんのかの」

そのとおりだ、と思った新太郎は胸を衝かれた思いがしたが、小吉の反応は違った。

「こざかしいことをぬかすな。百姓は剣のことなど考えず、せっせと米を作ってりゃいいんだよ。それにな、やい尊徳、そんなにぴったりとおれにくっつくな。さっきからおめえの古狸《ふるだぬき》並みのふぐりが、おれの腰をとんとん叩いているんだよ。気色悪くてしょうがねえ」

小吉は目尻を吊り上げて喚いた。新太郎は思わず笑った。ところが、鉄面皮《てつめんぴ》のような尊徳の顔が、急に丸味を帯びて脹《ふく》らんだと見る間に、その頰が焼《や》け火箸《ひばし》のように赤くなった。

「え～、これは鋤《すき》と申すもので、かように踵《かかと》をここに置いてまっすぐに土に踏み込むものでござる」

尊徳は奇妙に狼狽《ろうばい》しながら鋤を立てて、その肩に足をかけて土を掘った。ふむ、と新太郎は胸の内で唸った。

「男谷殿の鍬の使い方は申し分ござらん。中村様から江戸随一の剣客と伺っておりましたが、さすがでございますな」

尊徳は背中を丸めて新太郎のほうに向き直った。その頰にはまだ赤味が残っている。いや、いや、といって新太郎は鼻を掻いた。尊徳の世辞は居心地が悪い。

「これは先頃、備中《びっちゅう》あたりから仕入れました新手の鍬でございます」

気を取り直した尊徳は、新太郎の前に珍しい刃先をした鍬を差し出してきた。

鍬身が三本に分かれている。

「この尖った三本の刃が、土中の深い根に食いついて掘り起こします。どうぞ使ってみて下さい」

備中の鍬を手渡された新太郎は、見よう見真似の振り方で鍬を土中深く突き刺した。

「刺すだけでは根は起こせません。打ち込むと同時に引く。これも真剣と同じなのではございませんか」

落ちつきを取り戻した尊徳は、そういって新太郎を油断のならない目付きで窺った。確かにそのとおりで、刀は打っただけでは打撲傷《だぼくしよう》を与えるに過ぎない。打ち込んだ勢いのまま強く引いて初めて肉を斬ることができる。なるほど、と思ったとき、二人の間から顔を覗かせた小吉が、ふんふんと相槌《あいづち》を打った。尊徳はまた赤くなった。

「よう万吉、おめえ嫁はいるのか」

笊から鍋に玄米を入れている万吉の背後から、小吉はいきなりそう声をかけた。小屋に住んですでに二十日たち、朝の空気も温もり始めてきた。小吉の朝の目覚めも早くなり、血色も以前と比べると格段によくなった。

「嫁なんかいねえずら」

万吉は気落ちした様子もなく答えている。新太郎は起き抜けの素振り、打ち込み稽古で吹き出した汗を拭っていた。

「どうして嫁をもらわんのだ」

「おらみてえなその日暮らしの小作人のとこに、きてくれる女なんかいねえずら」

「さみしくはないか」

「さあ、さみしくねえごとねえが、もうあきらめているずら」

「万吉、おぬし女子《おなご》に飯《めし》を作ってもらったことがあるか」

小吉に代わって新太郎がそう訊いた。

「ちいせえときに、おっかあに作ってもらったことがあるずら。んでも、すぐに死んじまったずら。からだに蛆《うじ》が湧いてな。おっかあのからだ食い破って、おとうがいくら蛆をとってやっても、つぎからつぎへと湧いてくるだ。おらと弟は泣きながらおっかあのからだ食い破った蛆を食ったずら」

「蛆を食っただと？」

「ああ。ほかになんにも食うものがながったからよ。鼠《ねずみ》も木の根もみんな食い尽くしてしまったずら」

万吉は鍋の蓋を閉め、燃えている小枝に薪《たきぎ》をつぎたした。小柄な上に膝が外に曲がり、背中も丸まってしまっているので、どうかすると万吉は蟹《かに》のように見える。

新太郎は顔を落とし、汗を拭い続けた。気が付くと拭い終わった胸に鳥肌が立っている。

小吉は藁床に寝そべり、ちょっとの間黙っていたが、万吉が粥の仕度を終えて出ていこうとすると、むっくりと起き上がった。

「万吉、今夜岡場所に連れていってやろう」

「おかばしょたあ、なんずら」

万吉は腰を屈めて小吉をぼうっと見返した。返答に詰まった小吉は首を傾げて腕を組んだ。それから声を落として訊いた。

「おまえ、女と交合《まぐわ》ったことがあるか？」

「あるずら」

間髪を入れずに答えた万吉は、小吉と新太郎のほうを交互に振り返って眺め、にっと笑った。欠けた前歯が不気味であった。

「ほう、あるのか」

「あるずら、二回」

「二回……」

「んだ。二回あるずら」

「ど、どんな女だ」

「どんなっていわれても、よぐわかんねえずら。五年に一遍くれえ村に女がやってくるずら。おらは、十年くれえめえに、銭四十文ひっかき集めて、吾作《ごさく》んとこの馬草小屋に行っただ」

「そうか。馬草小屋にいったか。そこで交合ったのか」

「んだ。気持ちよがったずら。おらのどたまがどこかに飛んでいってしまったかと思うぐれい、よかったずら」

「おまえ、いくつになる」

「さあ、よぐわかんねえども、尊徳さまより、二つ三つ、年くっているずらに」

万吉が出ていくと、小屋の中は重苦しい静けさに覆われた。

「あのな」

二人は異口同音にそう言いだして互いの顔を見合わせた。先に笑った新太郎が口を開いた。

「わしらが荒起こしした土地のことだが、陸稲《おかぼ》くらいは作れるだろう。荒地ゆえ、年貢もかからん。そこを万吉にくれてやろうと思うのだが、どうだろう」

それがいい、と小吉は答えて横になった。その声が鼻声になっているのに新太郎は気付いていた。

五

ひと月ぶりの風呂は、新太郎に生きている喜びを再認識させてくれるものだった。浴衣《ゆかた》に着換え、髪結いに月代《さかやき》を剃《そ》ってもらい、髷を結い終えて部屋で書物を読んでいると、夕餉の膳を運んできた女中が新太郎を見るなり、あれまあ、と口をあんぐりと開けたまま身体を固めてしまった。旅籠に一心斎と小吉の三人で連れ立って入ってきたときには、野良着を着たむさい百姓姿であったので、武士らしく変身した新太郎の今の姿は、女中には大変な驚きであったのだろう。膳を置くと、ほかの二人の客のことも尋ねずに、這うように廊下を下っていってしまったが、あるいは、隠密の御用の旅だとでも思ったのかもしれない。

新太郎が一人で飯を食っていると、髷を整え、顔をやかんのようにてかてかさせた小吉がにこにこしながら帰ってきた。

「やっぱり小田原は賑やかじゃ。いい女子をそろえておる。新太郎の分も残してあるぞ」

そういって小吉が畳に放り投げたのは、新太郎の財布である。旅籠に着いてから、そうそうといって何気ない様子で一心斎が新太郎に返してくれたものだ。

その一心斎が戻ってきたのは五ツ（午後八時）を過ぎた頃である。腕に風呂敷をかかえて、ひどく上機嫌で部屋に入ってきた。このひと月間の灯火のない小屋暮らしのせいで、新太郎も小吉も、暗くなると眠くなる習慣が身についていた。

「ここに埋蔵金が埋められておる」

一心斎はにこやかにそういって畳に図面を広げ、行灯《あんどん》を引き寄せた。新太郎は半分閉じていた目を開いて顔を上げた。小吉はすでに、猫のように油断のない目を図面に向けている。

「これはどこぞの館のように見えるが」

小吉の言葉に、一心斎はしたりと頷いた。

「湯山弥五右衛門《ゆやまやごえもん》という、足柄上郡一帯の大地主の別邸じゃ」

「別邸？　いくら大地主といえどもかように壮麗な別邸を建てられるものでしょうか。まるで山城ですな」

新太郎は目尻を掻きながら嘆息した。二町歩（六千坪）に及ぶ敷地は山の傾斜

に沿って平坦な段に整地され、段ごとに家が建てられ、それは棟続きになってい
る。
「八年前までここには湯治客相手のちっぽけな旅籠が建っておった。弥五右衛門
が隠居すると同時にそこを買い取り、かような御殿を建てておったのだ」
「つまり、隠居所ですか」
「よほどあこぎなことをせんかぎり、百姓ふぜいがこんな別邸は建てられんな」
小吉の呟きを耳にした一心斎は、急に気むつかしい表情になった。
「地震、洪水の天災地変のたびに弥五右衛門は太ってきたのじゃ。同じ百姓を救
うどころか種籾《たねもみ》をも売りおしみ、困窮した農民の土地を買い叩いて小作に転落さ
せ、さらに役人に賄賂《わいろ》を贈り、手なずけて租税に手心を加えてもらっておったの
じゃ。こやつのおかげで飢死した百姓は、この四十年間で百人以上に上るわい」
ふむ、と唸った新太郎の脳裡《のうり》に、二宮尊徳の武骨な顔が浮かんだ。あの者の両
親もそうであったのかと思っていた。
「するってえと、武田の埋蔵金が眠っている山に、この爺さんは別邸を建てたと
いうことか。大黒様《だいこくさま》も耄碌《もうろく》したな。もちっと人を選んで金を埋めておけばいいも
のをな」

「それにしても、家を建てた大工や人夫どもに埋蔵金が見つけられていなかったのは、偶然とはいえ幸いなことでしたな」

「で、お宝はどのあたりに眠っているんでえ」

「ここじゃ」

一心斎は奥の棟の一室を箸の先で指した。

「ここは弥五右衛門めの秘密の部屋だとわしは睨んでおる。何度か縁の下に潜って探索したが、この部屋の真下にあたる一角は、石で固められて地中に続いておる。金は間違いなくここに埋まっておる」

一心斎は強い目で図面の一点を睨みつけた。新太郎と小吉は思わず顔を見合わせた。

「ちょ、ちょっと待て。おれたちが狙っているのはここに住む爺さんの隠し金なのか」

「そうじゃ」

「ま、埋蔵金というのはこのことだったのか⁉」

「予定が変わったのじゃ」

「おりた。おりた。おりゃ、おりた」

小吉は脳天から声を発して立ち上がった。

「おれたちは旗本だぞ。こりゃ泥棒じゃねえか。そんな真似ができるか。バレたらお家断絶、一族郎党にまで累が及ぶぜ。やめた。おれは帰える。たった今から江戸へ帰える」

小吉は背中を向けた。その足首を一心斎の手が掴んだ。勢い余って前に突っ伏した小吉は、振り向いたところを一心斎に平手で叩かれ、赤ん坊のような泣き声をあげた。

「騒ぐな。旗本がどうしたというのじゃ。そんなもの、犬にでもくれてやれ」

一心斎は小吉の顔に接するところまで鼻先をくっつけてそういった。

「もとはといえば、おぬしらの祖父が小金をため、高利貸をして稼いだ金で買った御家人株ではないか。ぐちゃぐちゃぬかさず、弥五右衛門が秘匿《ひとく》しておる埋蔵金を掘り起こせばよいのだ。分かったか」

中央に瞳を寄らせた小吉は気迫に負けて思わず頷いてしまったが、新太郎のほうでは一心斎がどうして自分たちの祖父のことなど知っているのか不思議だった。

「全て段取りはできておる。明日、箱根湯本《はこねゆもと》に湯治客を装って入り、弥五右衛門が別邸を見下ろす破れ寺《やでら》に潜み、時がくるのを待つのじゃ」

小吉は寄り目になった目を向けておとなしくまた頷いた。新太郎は声をひそめて訊いた。

「時がくるのを待つといわれますと？」

「明日の夜、弥五右衛門は小田原に出て、町の主《おも》だった者たちと会食をする。その間にきゃつの居室に入り込み、埋蔵金を掘り出すのじゃ」

一心斎はあくまでも埋蔵金で押しとおすつもりらしい。

「鍬、鋤の用意はしてある。そこで鍛錬が役に立つのじゃ。すぴーど、だ。これが決め手になる」

「？」

「そうそう、言い忘れておったが、きゃつの別邸には下男女中のほかに、五、六人の用心棒が常時見廻っておる。埋蔵金を掘り出す前に騒ぎたてられては面倒だが、そのあとならみんな叩き斬ってもよい」

ついでのように一心斎はいった。しかし、と新太郎がいうのを、一心斎は打って変わったにこやかな表情になって制した。

「連中はな、去年の夏、伝馬町《てんまちよう》の揚り屋《あがりや》で牢死した茶坊主、河内山宗俊《こうちやまそうしゆん》の取り巻きだった者たちじゃ。捕まればどうせみんな獄門首《ごくもんくび》になる奴らだ。遠慮することはない」

そういうなりごろりと横になった。すると小吉の顔が正面に出てきて、いつになく無邪気な眼差しを新太郎に注いでいる。しばらくして、それがまだ目が中央に寄ったままのせいだと気がついた。


背中に担いだ打飼《うちが》いと腹にずっしりとした重味を感じながら、二人は夜を徹して歩いた。東海道は大磯まで下ってそこから中原《なかはら》往還に入ったのは、追手が来ることを心配してのことである。丑《うし》三ツ時（午前二時から二時半頃）に用田《ようだ》を過ぎ、瀬谷《せや》にさしかかる頃東の空が赤味を帯びてきて、佐江田《さえだ》の宿に入ったときは、早立ちの旅人の姿がちらほらと出てきた。佐江田からは三里ほどで小杉《こすぎ》に着き、多《た》摩川《まがわ》を渡れば江戸は目の前だった。あとは馬を雇えばよい。

佐江田の宿のはずれの茶屋で店を開いているところがあった。二人はそこで昨夜以来初めて互いの顔を覗き込んだ。

床几《しょうぎ》に坐り、出された茶を飲むと、二人の口から同時に安堵の溜息が洩れた。

「担ぎ込まれたとき、おれは生きた心地がしなかった」

息を弾ませて小吉がいった。頷いた新太郎は、まだ手首に残る生々しい感触を抱きながら、視線を八重桜《やえざくら》の咲く山に向けた。

「私は人を二人斬ってしまった」

「案ずるな。死にはせん。いい修行をしたと思え」

それから二人は運ばれてきた草餅をむしゃむしゃと食った。

前夜、湯山弥五右衛門が二人の供を連れて駕籠《かご》に乗って出掛けるのを見届けてから、一心斎の指揮の下、四人は昼間交わした打ち合わせどおり動き出した。まず二枚重ねの戸板の上に筵《むしろ》を敷き、湯山弥五右衛門とそっくり同じ扮装をさせた小吉の髷に灰を被し、白髪頭の爺に変貌させて戸板に乗せ、百姓二人が別邸に運び込み「おたくの隠居が途中で倒れた。どうやらいま東海道筋で猛威をふるっている麻疹《はしか》にやられたらしい、わしは偶然通りかかった医師で前野玄庵《まえのげんあん》という者じゃ、隠居の供の者は薬を取りに小田原まで走らせた」と一心斎がもっともらしくいって、庭先から小吉を弥五右衛門の居室に運ばせたのである。そして人払いをするなり畳を片っぱしから上げだした。

医者の助手に化けた新太郎は、初めのうちこそ心中穏やかではなかったが、戸板の間に挟んで運び込まれた鍬、鋤を手に取って、一心斎の指し示した地面を大急ぎで掘り出すと、全てを忘れて夢中になった。小吉も仮病の老人から人夫となり、一心不乱に掘りまくった。その間、一心斎はただそばで頑張れ頑張れといっていたような気がする。

四半時も経たずに、小判と一分金がぎっしり詰まった壺を三つ掘り出した。その中味を出して二枚の戸板の間に敷き詰めているときに、用心棒の一人がぬっと部屋に入ってきて大騒ぎになった。

「だが、おれが手傷を負わせた相手は一人だけだ」

「すると残った三人は中村殿が一人で始末したということかの。しかし……」

といって新太郎は口を閉ざした。一心斎は脇差すら差していなかったのを思い出したからである。

「まあいい。あの男は化物《ばけもの》だ。考えるのはよしにしようぜ」

「それにしても、戸板を担いでいたのが尊徳と万吉であったとは、驚いたのう」

「千二百両のうち、六百両をおし気もなくあの百姓どもに与えてしまったのには仰天《ぎょうてん》したぜ。万吉の野郎、欠けた前歯を見せて笑っておったな」

「わしらは万吉に一杯喰わされたのかもしれん」

新太郎がそういうと、まあいいじゃねえかといって小吉は床几から立ち上がり、茶代に二朱銀を置いた。懐には二百両の金が入っている。金を持った小吉は太っ腹であった。

「あの乱闘のさ中に、あいつらは決死の覚悟で金の詰まった戸板を持ち上げて走り廻っていたんだからよ」

「そうだな、それにしても……」

茶屋の老婆が、過分に置かれた茶代を見ておろおろしている姿を見ながら、新太郎はにやりとした。老婆の様子がおかしかったからではない。

小判を受け取ってにんまりしていた尊徳が、別れ際になって小吉の手を握ってじっとその顔を見つめているのを、その夜、鬼神のごとき働きをしたであろう浪人者が、半ば口を開いた間抜け顔で眺めていたのを思い出したからである。

忠邦《ただくに》を待ちながら

一

対岸の回向院《えこういん》を囲んで茂った樹木の枝が風にそよいでいる。その上に広がる東の空も、いつの間にか勢いのあった眩《まぶ》しさが弱まって、青味に白さが被《かぶ》さりだしてきた。

西の空、武蔵《むさし》と上野《こうずけ》、それに信濃《しなの》の三つの国が接する連峰に、傾いた陽がかかりはじめた頃なのだろう。隠れていた小鳥たちがどこからともなく集まりだして、江戸の空を舞い始めた。

だが、いつもとは違う騒《ざわ》めきに落ちつかないものを感じたのか、ほどなく群れをなして山のほうへと飛んでいった。

小鳥たちを驚かせたのは、大川を埋めたおびただしい船の数だった。大藩の重役を接待する商人の屋形船《やかたぶね》には、芸者や三味線《しゃみせん》弾《ひ》きも含めて四十人ほども乗っているものもある。

二挺《にちよう》櫓《ろ》の屋根船《やねぶね》にも、商人や留守居役《るすいやく》らしい武士が芸者を呼んで唄に興じている。すでに酒が回って手拍子をとっている宴もある。そのほかに、船宿から出てきた猪牙舟《ちよきぶね》などが、いい場所に陣どろうと狭い水路を縫って櫓を操り、舳先《へさき》をほかの船にぶつけては艫《とも》のほうから船頭が大声で怒鳴る。

両国橋を挟んで大川には大小千隻近い船が集まっている。

「まこと賑やかだのう」

冷や酒を口に含み、舌の上で転がせてから川路三左衛門《かわじさんざえもん》はそう呟《つぶや》いて目を上げた。大川端に面した料理茶屋『吉清《きつせい》』の二階である。三味線の音や下の桟敷《さじき》から伸び上がってくる客の笑い声と共に、時折思いがけないほど涼しい風がそっと忍び込んできて、三左衛門を懐かしい思いに駆りたてる。

「はい。毎年五月二十八日の川開きの宵《よい》は、みなこぞって大川端に集まります。ことに昨年は大水のため凝った仕掛けが叶《かな》いませんでしたので、今宵は相当の人出となりますことでしょう」

下座に控えた、両替商の丸三屋吉兵衛《まるみやきちべえ》が、福々しい頬を向けていった。そうであったな、と相槌《あいづち》を打ったのは羽倉外記《はぐらげき》である。

「危うく両国橋も落ちるところであったと聞いたが」

「はい。熊谷の堤が切れましたゆえ、近在の家百軒ほどが流され、新大橋も半壊いたしました」

「昨年は嵐に大水、今年は麻疹《はしか》に火事。しかも妖言まで流布《るふ》した上に吉原まで焼失したか」

外記は濃い眉毛を額のほうに引き上げ、大きな目をさらに剝《む》き出した。そうしながら盃に注がれた冷や酒をたて続けに二杯飲んだ。三左衛門は外記のそつの無さに内心笑みを洩らしながら、薄い肌着をつけただけの遊女の立ち姿を思い出していた。

二十日前に焼け落ちた廓《くるわ》の仮宅《かりたく》は、瓦丁《かわらちょう》、仲町《なかちょう》など十数ヶ所に分散して建てられたのだが、そのうちの一つが三左衛門の管轄の花川戸《はなかわど》町《ちょう》の寺社地の空地に置かれたため、朝方など、思いもかけない女の肢体を目にとめることがある。

だが、三左衛門はそのことには触れずに、いたって真面目な顔を取りつくろって、さて、と口を開いた。

「江川の奴め、必ずや奉行をお連れ申すゆえ、余興の怪談話でも思案しておけなどと大口を叩いておったが、果たしてうまくいくかの」

「太郎左衛門は無骨者のように見えて、なかなかの策士でござる。お奉行とて、あやつの弁舌の前には、苦笑いして屈せざるを得ないでござろう」

外記は堅苦しさを崩そうとはしない。丸三屋の呼んだ二人の芸妓には見向きもせずに背筋を案山子《かかし》のように硬直させている。そのくせ、空いた盃に芸妓が酒を注ぐと、視点を少しも変えずに盃を手にしてぐいと一息に飲んでいる。それを繰り返すため、たちまち銚子《ちょうし》が一本空になった。

「だがのう外記殿。儂《わし》はお奉行に仕えてまだ二年足らずじゃが、その人となりは七年間じっくり見させてもらったつもりだ。しかし、これまでに一度たりとも、花火見物に出掛けられたなどとは聞いたことがないぞ。仕掛けの見事さに感心するより、火事の危険をご懸念なさるようなお方じゃからな」

肥前唐津藩《ひぜんからつはん》二十万石の藩主水野忠邦《みずのただくに》は、二十四歳の若さで奏者番《そうしゃばん》より寺社奉行に昇任した。だが、新奉行を迎えた配下の者が驚いたのはその若さばかりではない。寺社奉行に任じられた翌日、わずか五万石の遠州浜松《えんしゅうはままつ》に転封を命じられ、しかもそれが忠邦本人の権門への運動によるものであったと知ったからである。十五万石を捨ててまで転封に固執したのは「青雲の要路」をめざしたためであるという。そう上役から聞かされても要領を得なかった三左衛門は、唐津藩主は、代々佐賀《さが》藩主の介添役《かいぞえやく》となって、長崎警固《ながさきけいご》の役目を務めることになっていると分かって、はたと膝を打った。

「それも単に栄達のために幕府へ忠義だてされているのではないぞ。緩みだした綱紀《こうき》を粛正《しゅくせい》するのは、ご自身をおいてほかにないと思い詰めておいでなのだ。二十万石から五万石に転封を願い出たのは、唐津にいては重職につけないと判断され、ご決心をされたからなのじゃ」

そのため、藩の財政が苦しくなると諫言《かんげん》した家老の二本松大炊《にほんまつおおい》は、忠邦から不忠義者めと叱責《しっせき》され、腹を切った。

「お奉行の質素倹約は、十九歳で藩主になられたときからの筋金入りだぞ。なにせ、真夏でも綿服に葛布《くずぬの》の袴をつけておいでになられる」

「されば質素を実践する奉行であればこそ、庶民の楽しみがどのようなものか、一度その目でお確かめあれ、というのが太郎左衛門の口上でござる」

「なるほど、考えおったの」

そう頷《うなず》いて外記に目を向けると、目の端がすでに赤く脹《は》れている。三左衛門が喋《しゃべ》っているうちに、さらに一本の銚子を空にしている。

「こりゃ外記殿。いくら今宵は無礼講だと申せ、お奉行が来られる前にチトやりすぎではないか。丸三屋を見習って、少しの間茶を飲んでおってはいかがだ」

盃を口に持っていきかけた外記の手が、年下の三左衛門の叱りを受けて途中で止まった。はは、と三十半ばにしては隠居爺と見まがうほどにおっとりとした丸三屋吉兵衛が掠《かす》れた声で笑った。

「それより川路様、日が暮れるまでにはまだ半時（一時間）ほどの間がございます。お奉行様にご披露《ひろう》なさる怪談話の予行演習などをしてはいかがでございましょう」

「そうか。そうであったな。江川英龍《ひでたつ》め、余計な面倒を持ち込みおって、小憎らしいやつじゃ」

「これおまえたち、こう背筋が寒うなるようなお化け話を知らんか」

丸三屋は芸者に笑顔を向けた。その目に、色好みの脂が浮くのを三左衛門は見逃さなかった。

「そりゃこわいのは播州皿屋敷《ばんしゅうさらやしき》のお菊《きく》さんさ」
十八、九歳の細い芸者がそういって丸三屋を見返した。その目にも笑いが含まれている。うむ、と三左衛門が唸ったとき、されば、と啜《すす》った冷え茶を盆に置いた羽倉外記が、思いがけなく顔を強張《こわば》らせて呟いた。

「幽霊ではござらんが、それがし、まことに奇怪な体験をしたことがござる。あまりの恐ろしさゆえ、かつて人に洩らしたことのない話でござる」

「ほう剛勇で鳴らした外記殿が恐ろしい思いをしたとは……。それはどんなことだ」

「夢でござる」

「夢？」

三左衛門はそう訊き返してから座敷にいる丸三屋と二人の芸者の顔を眺め、にやりとした。だが、羽倉外記は笑わなかった。仏頂面《ぶっちょうづら》を、対岸の伊勢津《いせつ》藩《はん》藤堂《とうどう》家《け》下屋敷《しもやしき》の塀から伸び上がっている緑の木々のほうに向け、目を細めていった。

「それも笑いの止まらぬ夢でござった」

二

二年前の文政五年（一八二二年）の四月のことである。羽倉外記は勘定奉行の許しを得て、甲斐《かい》の代官山本大膳《やまもとだいぜん》を八代郡石和《やつしろぐんいさわ》に訪ねた。下総《しもうさ》上野の代官である外記は、山本大膳が計画している、農民のための教諭所の詳細を知る必要があった。農民を教化する意味もあったが、教諭所の開設が、一揆《いっき》などの不穏な動きを抑えることに役立つと考えたからである。

その帰り、甲州街道を江戸に向かって多摩川を渡り、谷保《やほ》、番場《ばんば》宿と過ぎて上《かみ》布田《ふだ》に入ったところで、人だかりがあるのに気付いた。天神の境内《けいだい》の脇にある野原で、鍬《くわ》をもった農民や背中に荷を担いだ商人がおよそ三十人ばかり、時折歓声を混じえて、何事かを熱心に見物しているのである。

猿回しでもやっているのかと思いながら、供の者に見てくるように命じると、走っていった家士は伸び上がって中心を覗《のぞ》いていたが、戻ってくるなり「浪人者が大道芸を披露してござりまする」といって、にっと笑った。

元々表情の乏しい家士であったが、その者が乱ぐい歯を見せて笑ったので外記は興味を惹《ひ》かれた。

どれほどのものかと思って商人たちの後ろに立って眺めると、一人の浪人が地べたに腰を下ろして、六間ほど離れたところに置かれた的《まと》に向かって礫《つぶて》を投げている。的は拳ほどの大きさの石だが、浪人がひょいと投げる礫が、石の真ん中にことごとく命中する。

次に浪人は立ち上がると、「これより見料を頂く」といって懐《ふところ》から湯呑みを取り出し、取り巻いている人々の前に突き出した。五文、十文と皆思い思いの銭を入れるのを、浪人者は穏やかな顔で見ている。百姓が竹の皮にくるんだ握り飯を差し出すと、「これはごちそう」といって喜んだ。

「江戸ではめったに見られぬものだぞ。おぬしもどうじゃ」

浪人者はそういって湯呑みを商人の頭越しに外記のほうに伸ばしてきた。

「見料は見た後に払う」

外記はそういって断った。もとより銭を払うつもりなど毛頭ない。御用の旅ではないので余分の銭など持っていない。茶店に置く茶代すら吝《おし》んで農家の井戸水を飲んでいるほどなのである。

ほかに三人の武家がいたが、それらの者は皆なにがしかの銭を払ったようで「これはかたじけない」、「お国へのよいお土産話《みやげばなし》になりますぞ」などと浪人者は如才《じょさい》ないことをいって機嫌をとっていた。

「では、とっておきの技をご覧にいれ申そう」

浪人者は何やらとぼけた顔でそういうと、いきなり「えい！」と掛け声を放って、傍にあった大木に駆け登った。

おお、と農民や商人が声を出して感嘆する。浪人は自分の背丈の倍ほどの高さまで駆け登ったかと思うと、木を強く蹴って空中で一回転して着地したのである。その間に、手から放たれた手裏剣《しゆりけん》が、向かいに生えている木の幹に刺さる。見物人は感心したが外記はくだらんと思っていた。

浪人は次々に芸を披露した。その場で跳び上がって前方に一回転したり、風にとばした懐紙《かいし》を抜き放った脇差でまたたく間に十六枚に切り刻んだり、地面に刃を上に向けて置いた刀の上に裸足で立ってみたりと、色々とやる。果ては一抱えほどもある岩を、手刀でえいやあと気合いを掛けて二つに割り、集まっていた気のいい見物人をさらに感嘆させていた。

芸が終わり、人々が散り出すと、浪人者は外記の前にやってきて、いかがでござったかな、と目をなごませて訊いてきた。

「仕掛けをもって岩を割るなどとは滑稽千万。それに、いかに禄《ろく》を離れたとはいえ武士は武士。百姓相手の大道芸で小銭を得るとは見下げ果てた性根でござる。恥ずかしいとは思われんのか」

外記は痩せたひげ面の浪人者を睨《にら》み上げていった。

「まあ、そう堅いことを申すな」

浪人者はそういって笑うなり、するすると拳を突き出してきて、外記の額をポンと打った。

「なにをするか！」

「ご貴殿も今宵からよい夢が見られるということじゃ」

よろけた外記に対して、浪人者はひどく明るい表情でそういうなり、背を向けて、鬱蒼《うっそう》と茂った木々に囲まれた神殿のほうに向かって歩き去っていった。

追おうとした外記の足がもつれた。寄ってきた家士が外記の顔を覗き込んで、あっと声をあげた。

「なんじゃ」

「殿様、額に何か書かれてござりまする」

家士が目を凝らして読んだところ、笑、という字に読めた。手拭いを濡らして拭《ぬぐ》うと文字は消えたが、頭の芯のところが奇妙に重い。ずっしりと重いのではなく、弾んでいるような重さである。

歩き出すと重さに揺れが加わった。頭の中に金魚の泳ぐ金魚鉢でも入っているような感じになった。

江戸までは歩きつかず、その夜は旅籠《はたご》代が吝かったが、やむにやまれず上高井戸《かみたかいど》の商人宿で部屋をとった。

横になるなり意識が遠のいた。明け方近くになって見た夢に、若い女の後ろ姿が出てきた。女の肩が震えている。どうかしたかと声をかけたが女は振り返らず、白い項《うなじ》にそっと指を這《は》わせた。肩が震えているのは、どうやら何かを眺めて笑っているせいだと気付いたところで夢から覚めた。

洗い場で楊子《ようじ》を使っていると、厠《かわや》から出てきた供の者が、殿様、昨夜は随分楽しい夢をご覧になっておいでのようでございましたねと、乱ぐい歯を一段と剝き出していう。

なぜだと訊くと、だって一晩中笑っておいででございましたよという。夢は見たが女の後ろ姿だけだといおうとして、ふと思い出すことがあった。ぐっすりと眠っているときに、何故か眠っている夢を見ていたのである。それも闇ばかりが広がっている暗黒のまっただ中で眠っていて、どこからか笑い声が響いてくる。それが延々と続くのでつられて笑い出したことが記憶に蘇《よみがえ》ってきた。

では、あのとき実際に声に出して笑ったのかと思っていたが、気にかかるほどではなく、朝餉《あさげ》に向かう頃にはすっかり忘れていた。

翌晩は下谷《したや》の屋敷に戻って、久しぶりにくつろいだ気分で床についた。夢を見たのは前夜より早かった。

若い娘の後ろ姿が現われて、肩を大きく震わせて笑っている。耳から項にかけてのなめらかな線が美しく、薄く刷《は》いた頬紅が曙光《しょこう》に触れて虹のような輝きを見せる。赤い襟《えり》の肌着が少し落ちて、肩の一部が覗いている。さぞかし美しい娘なのだろうが、どうあってもこちらを振り向かない。ただ笑い声だけは明瞭に聞こえる。あまり楽し気なので、見ている外記までたまりかねて笑い出した。

その日の朝は、自分の笑い声で目が覚めた。妻が襖《ふすま》を少し開けて顔を寝室に向けてきて、どうかなされましたか、と訊いている。いや、と答えた外記だったが、夜中に相当笑ったらしく、胸と腹に痛みを感じた。五ツ（午前八時）になって屋敷を出て、勘定奉行の役宅に向かったが、どうにも頭が揺れて仕方がない。奉行の目にも外記がぼんやりしているように映ったのだろう。道中、はやり病にでもかかったのではないのかといわれ、早々に退出してきた。

その夜の夢では、若い娘は横顔を見せて笑っていた。切れ長の目と形のよい鼻をした美しい娘で、白い歯をこぼして笑っている。その声に、男の太い声が被さってきてあたり一帯に響き渡った。負けじと外記も大いに笑った。胸が上下し、腹がうねった。

目を覚ますと妻と用人が上から心配顔で覗き込んでいる。一体、何事でございますか、と用人が訊くのを、なに、大したことではないといって、軽くいなそうとしたが声にならない。

夜中に笑い過ぎて声が掠れたのだと分かって茫然《ぼうぜん》とした。これはただごとではないと悟ったからだ。

さらにその夜も若い娘の夢を見て笑った。娘は横顔を向けたままで、正面の顔を見せようとはしない。まるで外記をじらすように端整な横顔を向けて、静かに肩を震わせて笑っている。

肌着も肩が露わになるほどに下げられているのだが、胸の盛り上がりにかかるところで、手で押さえて止められている。笑いながら外記は悔しくて仕方がない。腹をよじって笑っているのに気持ちは少しもおかしくない。この状態が続いては憤死ならぬ笑死だと胸の中で叫んだところで目が覚めた。

「このままでは乱心の噂が立つと、さすがに家人が心を砕き申してな。甲斐まで供をした者に、道中での出来事を詳しく話させ、布田天神での一件を聞き出して、さてはそれが原因だと、さっそく使いを布田天神まで出して、夢にご利益のあるというお札《ふだ》をいただいてきたのでござる」

外記はそういって冷えた茶を飲んだ。

「はてさて、それはこわい夢をご覧なされましたな。夢の中の女も何やら不気味ですが、どうしても声に出して笑ってしまうというのが恐ろしい」

丸三屋は丸めた背中をさらに丸めて溜息をついた。

「それで、そのお札とやらを手に入れてからどうなったのじゃ。夢は見ぬようになったのか？」

「ぴたりと止《や》み申した」

川路三左衛門に向かってそう答えたものの、湯呑みを持つ外記の指先が汗ばんだ。

「じゃが、外記の額に文字を書き残したという浪人者は一体何者じゃ」

「存じ申さん」

「ふむ。大道芸をやって糊口《ここう》をしのぐからには、武芸者とはいえぬのだろうが、ただの浪人とも思えぬのう。妖術をよくする者がいると聞くが、その者もその手合いかもしれん」

川路三左衛門はそういって目を細め、大川端に作られた床几《しょうぎ》に坐る花火見物の客を眺め下ろして、橋の上流は玉屋《たまや》の請け負いであったな、と呟いた。三左衛門の目がそれたのを見逃さず、外記はそっと銚子に手を伸ばした。冷えた茶では、身体のほてりは抑えられそうになかったからである。

天神様から札をもらってきたのは事実だが、それが悪夢に功を奏したわけではない。発狂したと思われぬように外記は鼻孔に綿をつめ、口には手拭いを巻いて眠ったのである。それで夜中に笑い声を洩らすことはなくなったが、夢は相変わらず見ていた。それも、美しい娘が横顔を向けたままの夢なのである。

さらに三日経って、外記を訪ねる者があった。寝不足で食欲も減退していた外記は、誰とも会う気が起きなかったが、応対に出た者が、「妙な老人で、天神様のお使いじゃと申しております」というので、もしやと思って奥に通させた。

入ってきたのは、白装束《しろしようぞく》を身にまとった白髯《はくぜん》を生やした老人で、神官のような、あるいは刀鍛冶《かたなかじ》のような、いわく言い難い感じの様子の男であった。

「ほほう、大分やつれておいでのようですな」

老人はそういって、頬のこけた外記の顔をまじまじと眺め、「ご神託があったので参上しました」と神妙な顔付きでいった。

「殿様は夢の女に操られておいでじゃ」

「なに⁉」

「その女、決して殿様に顔を向けませんし、肌も見せはしませんぞ」

「！」

外記は目を剝いた。そうしないと、恥辱で身体がまっ赤に腫《は》れ上がってしまうように感じられたからである。

「この病は加持祈禱《かじきとう》では治癒し申さん。神よりわしに託された悪夢払いの呪文《じゅもん》を書いた札を、一晩額に貼りつけてお休みになれば、二度と女の夢を見ることはございません」

「あるのか、そのような札が」

「ございます。ただし、少々値が張りますぞ」

「値？　いくらじゃ？」

「百五十両にございます」

「ひ、百、ご、五十両!?　そ、そのような大金は出せん」

「では、これにてごめん仕《つかまつ》ります」

老人はすっくと立ち上がった。外記はあわててその裾を押さえた。もう一晩たりとも、地獄の底を這うような夜を過ごすことはできなかった。

「も、もちっとまからんか」

「まかりませぬ。これもご神託によるものですからな」

老人は冷え冷えとした目を外記に向けていった。観念した外記は用人に申しつけて百五十両を用意させた。爪に火を灯すようにして貯えた金であった。羽倉家の全財産である。もう鼻血も出なかった。

「これでよろしゅうございます」

老人はそういって、紙の札に呪文をしたためて差し出してきた。

「？」

札に目を落とした外記は、口をあんぐりと開けた。

「なんじゃ？　これは」

「呪文でございます」

「これが呪文か？　百五十両の呪文だと申すのか⁉」

そこには「○△□」と書かれてあるだけである。

「おのれ爺い、儂を愚弄《ぐろう》する気か」

思わず脇差に手をかけようとしたとき、老人の腕が伸びてきて外記の手から札を摑むと、それを素早い動きで外記の額に貼りつけた。そのとき、ポン、と心地よい音がした。

「このままゆっくりお休みなされ」

そういっていったん背中を向けた老人は、立ち上がりざまぐりっと頭を回して外記の鼻先に顔をつけてきた。

「往きはよいよい帰りはこわいというわけじゃ。あまり吝《しわ》いのも考えものじゃて」

その目が鷹《たか》のように輝いた。睨まれ、身動《みじろ》ぎすることのできなくなった外記の脳裡《のうり》に浮かんだのは、あの日の浪人者の明るい顔だった。「こいつが⁉」と思ったときには老人の姿は座敷から消えていた。しかし、お札は感心によく効き、その夜から女は夢に現われることがなくなり、外記も夜中に笑い声をたてることがなくなった。

三

「次は丸三屋の番じゃ。おい吉兵衛、おぬしの肩には死んだ女の怨霊《おんりよう》がとりついておるそうじゃな」

三左衛門が盃を持った指で指《さ》すと、なにをいわれます、と丸三屋吉兵衛は背中を丸めて苦笑いをした。あらまあ、と二人の芸者は、物珍し気に丸三屋に目を向けている。

「なあ外記殿、こやつは今でこそ、両替屋の婿養子に納まって主人面《あるじづら》しておるが、若い頃には、勤め先の店《たな》の御新造と心中を図りおってな、女は死に、自分だけ生き残ったというしたたか者なのじゃ」

「ほう。よくぞ死罪にならなかったものじゃな」

「だが、その殺した女の亡霊に日夜悩まされておるというわけだ。どれ、丸三屋、ひとつ怪談《かいだん》噺《ばなし》をしてみるか」

「め、めっそうもございません」

丸三屋は口元から笑みを消して頭を振った。

「心中をしかけたのは事実でございますが、実際に川にとび込んだわけではございません。しかも、お店のおかみさんが亡くなりましたのは、それよりよほどあとのことでございます。川路様には先刻ご承知のはずでございます」

丸三屋は怨みがましい目付きをして三左衛門を睨んだ。そうであったかの、と三左衛門はとぼけて盃を口に運んでいる。

茶碗に手を伸ばしかけた外記は、ふと思いついて丸三屋に訊いた。

「心中をしかけたといったな」

「はい」

「思い留まったのは何故だ。誰かに押し留められ諭《さと》されでもしたのか」

「それが、まことに妙なお武家様に出会いまして……」

丸三屋は眉間《みけん》に皺《しわ》を寄せて、浮かない表情になった。

「これは恥ずかしいことなので、どなたにも申し上げたことはございませんのですが……」

そういって顔を上げた丸三屋は、おまえたちも他言無用だよ、と芸者に釘を刺してから、あれは十二年前の文化《ぶんか》九年（一八一二年）のことでございました、と呟いて遠くのほうに目を向けた。


十月半ばのよく晴れた冷たい風の吹く日であった。

二人は別々に本郷元町《ほんごうもとまち》の店を出て、神田川《かんだがわ》の堤下にあったこんにゃくを食わせる小体《こてい》な店に入った。男と女の関係になって四ヶ月、いつも逢い引きをするときは、池之端《いけのはた》の出合茶屋《であいぢゃや》を利用していたのだが、番頭の久助《きゅうすけ》に二人の不義密通が露見した今となっては、おいそれと使うわけにもいかない。

こんにゃく屋に入り、二皿注文したものの、とても喉を通らない。二十七歳の紙屋の手代と二十二歳の新造のハツは、ハツが十七歳で店の若旦那のところへ嫁いできたときから、郷里が同じ川越ということもあって気が合った。

それが五年の歳月を経てわりない仲となってしまったのは、ハツの主人庄太《しようた》郎《ろう》が、わずか十三歳の下女に手をつけて、別宅に住まわせてしまったことがきっかけであった。その二年前に父を亡くし紙屋の主人になった庄太郎は、小唄の師匠だの、柳橋《やなぎばし》の白首《しろくび》だのに手を出し、女房の泣きごとにはまるで耳を貸さず、勝手し放題に遊びまくった。それがついに店の女にまで手を出すようになったとあって、ハツの嘆きはひととおりではなかった。

その夜、今夜だけは家にいてくれと、夫の着物の裾を引いて懇願するハツを足蹴にして庄太郎は女の元へと出掛けていった。残されたハツはシクシクと半時以上も泣き続けた。年若い下女ではおかみさんをなぐさめることができず、使用人とはいっても気の合う吉兵衛がそっと部屋に入ってハツの背中を撫でてなぐさめた。その晩は、番頭の久助はほかの手代を連れて泊まりがけの商いに出ていておらず、下女も下男も台所脇の小部屋にいて奥の部屋の様子を窺う気配もない。

二人は自然に頰を寄せ合い、互いの背中に腕を回した。

庄太郎が留守がちとはいえ、店での密通はいつ露見するとも限らない。二人は月に一度、出合茶屋で逢うことに決めたのだが、翌月には逢い引きは二十日に一度となり、やがては十日に一度となった。それが久助の目にとまらぬ訳はない。

それまで実直一筋で無骨者の印象さえあった久助は、吉兵衛の不義を知ると、すかさず威《おど》しにかかってきた。だが吉兵衛が貯えている金などたかが知れている。ついに久助は主人のおかみさんであるハツにまで呼び出しをかけ、川越の実家から二百両の金をもらってこいなどと無茶な要求をしだした。

その日、二人は顔をつき合わせたもののどうにも思案が立たず、吉兵衛は鼻を啜り上げて泣くハツをなだめて、とにかくこんにゃく屋を出た。

冷たい風の吹く中を、神田川沿いに上流に向かって歩きながら、二人はどうしようと言い続けた。あたりは大名の屋敷や旗本屋敷ばかりで人通りはほとんどない。心細さを募らせながら牛込御門《うしごめごもん》を過ぎ、やがて牛込を流れる江戸川が、ごうごうと音をたてて神田川に注ぎ込む堰《せき》にかかる船河原橋《ふなかわらばし》のたもとまできた。

その急な流れを見ながら、ハツがいっそのこと死んでしまいたい、と言いだした。

晴れていた空も日暮れが近づくと共に雲が多くなり、風はますます冷たさを増してくる。堤の柳が風に揺れ、心さびしさはさらに募ってくる。

橋のたもとに佇《たたず》んでいるうちに、吉兵衛にも、二人して心中してしまうのが一番よいことだと思えてきた。

「よし、一緒に死のう」

吉兵衛はそういってハツの手を取り、橋の中ほどまで行って互いの手首を合わせて紐《ひも》で結んだ。そしてもはやこれまでと決心してハツの肩にもう片方の腕を回したとき、

「おう、そこの二人」

といきなり声をかけてくる者があった。吉兵衛は息が止まるくらいにびっくりした。二人は肩を寄せ合い、近づいてくる武士を見詰めた。

「おぬしらは心中するのか」

二人の前に立った武士は、日本橋はどっちだ、と尋ねるような大雑把《おおざっぱ》な口調でそういった。

二人は身体を震わせて黙っていた。はい、とはとても答えられるものではなかった。

武士は黙り込んでいる二人には頓着《とんちゃく》なく、「どっちに飛び降りるのだ」と続けていった。

吉兵衛には武士のいっている意味が全く分からなかった。心中する覚悟が極限に達した直後であり、気がおかしくなってしまいそうでもあったからだ。どっちとは何のことだ、と吉兵衛は胸の内で叫んでいた。

「こっちか、それとも向こう側か？」

武士は橋の北側と南側を交互に指して訊いた。北側は江戸川の水が堰で止められ、深い溜まりになって渦を巻いている。

南側には神田川の急流があり、堰からあふれた江戸川の水が三丈（約九メートル）下の川に大滝のように落ちていく。

どちらとも考えていなかった吉兵衛は、なおさら口を開くことができなかった。

武士は青白い顔をして、歯が噛み合わないほどに震えている二人の状況を初めて察したように、「や、これはすまぬことをした」とあやまったあとで、

「ここはチト寒い。とりあえずあの小屋に入ろう」

といって先に立って橋を渡り、葉の落ちた桜の木が植わっている下に建つ小屋に入っていった。吉兵衛もハツも動けずにいると、小屋から顔を覗かせた武士が、「おーい、早く来い」と大声で呼ぶ。頭の中を風が往き来しているような思

いでいた吉兵衛は、ハツを促して、武士に呼ばれるままに橋を渡った。

小屋の中には武士が一人いるきりで、もう枯木に火をつけている。二人は手首を紐で結んだまま、横に並んで細い板を渡した床几に腰を下ろした。

「見れば若いお店者のようだが、何ゆえ心中などする気になったのだ」

武士は二人の顔をまじまじと眺めて訊いてきた。細く尖った顔の中に切れ長の目尻をもった強い目があり、その瞳が燃えた火を映して北国の童女のように輝いている。

武士の問いかけを受けたハツが、そっと吉兵衛の顔を窺い見た。見返した吉兵衛はハツの表情に戸惑いと憂いが浮いているのを見たが、もう仕方がないというように頭を振ってから重い口を開き出した。

初めこそ、濡《ぬ》れ雑巾《ぞうきん》のようになった心を引きずるように話していたのだが、そのうち、心中しようとまで思い詰めるに至った原因は番頭の久助にあり、久助こそが全ての元凶なのだと思い当たり、話を聞いてくれたこの武士が、自分たちに替わって久助を打ちのめしてくれるかもしれないと、一縷《いちる》の望みを抱くようになってきた。

久助さえこの世からいなくなってくれれば、自分たちは死なずに済むのだという思いが募ってきた。そのため、吉兵衛の言葉にも熱がこもり、ときには自らの話に涙さえ浮かべることもあった。

最後に、この人の夫がこの人をもう少しいたわってやってくれたら、そして、久助さえいなければ、この人はもっと幸せになれたのにと声を震わせて話したときは、傍のハツが声をあげて泣きだした。

「さようであったか。つらかったであろう」

武士はそう呟き、腕を組んで目を閉じた。やがて目を開いた武士は「しばらくここで待っておれ」といって小屋を出ていった。待っている間吉兵衛は、あの侍は久助を斬り倒しに行ってくれたのに違いない、とハツにくり返し言い、もし打ち果たすことに失敗したのなら、そのときこそ潔《いさぎよ》く心中してしまおうと話した。

四半時（三十分）ほどして武士は戻ってきた。久助の首は下げておらず、代わりに、拳大ほどの金色の玉を懐中から取り出した。玉は一本の糸で吊るされていた。

「ついでといってはは申し訳ないのだが……」

武士はそういいながら、玉についている糸を吉兵衛の首に巻きつけた。

「かようにこの金色の浮き玉を下げて、川に身投げしてもらいたいのだ」

「な、なんといわれました？」

吉兵衛は落胆と動揺で混乱した頭を振って武士を見返した。

「それに、飛び込むのは橋の北側、江戸川の堰にしてもらいたい」

「……」

「あのあたりの川底は、流れにけずられて思いのほか深くなっている。だが、その窪地《くぼち》には鯉《こい》がたくさん集まってくる。分かるか」

吉兵衛は不安な思いで武士を見つめ続けた。何かとほうもないたくらみを、腹の中に含んでいる気がしたのだ。

「その鯉の群れの中に、あの江戸川の堰にしかおらんといわれている鯉がおる。黄金色《こがねいろ》の鯉じゃ。だが、実際に捕らえた者もいなければ、見たという者も出ていない。全ては噂なのだ。分かるか」

吉兵衛は頷かなかった。生きるか死ぬかという切羽《せっぱ》詰まった自分たちの状況とは、あまりにもかけ離れた話を持ち出されていたからである。傍のハツも目元を曇らせ、気後れした様子で土間の一隅に目を落としている。

「そこで、おぬしら二人が貴重な証人となりうるのだ。飛び込めばいったん堰まで流され、次に必ず川底に引きずり込まれる。大事なのはここじゃ。川底でおぬしはカッと目を開いて黄金色の鯉を捜すのだ。よいか、カッと目を開くのだぞ。分かるな」

「………」

「そのとき、もし黄金色の鯉を発見したならば、この玉をぐいと引いて糸から離すのじゃ」

「………」

「この玉は水に潜れば自然に浮いてくる。黄金色の鯉は必ずやこの金の玉に食らいついてくる。さすれば川岸に控えておる拙者は、たやすく世にも稀《まれ》な黄金色の鯉を捕らえることができるというものじゃ。分かるか」

「………」

「さ、長居は無用だ。早々に飛び込まれるがよい」

「お、お待ち下さいませ」

吉兵衛はやっとの思いで声を出した。

「お、お武家様は鯉を捕らえるために、わたしどもに声をかけて下さったのでございますか」

「そうじゃ」

「慈悲をかけようというお気持ちではございませんでしたのですか？」

「人の人生はさまざまだ。死して恋を成就《じょうじゅ》させようと願う者もおる。その気持ちは尊重せねばならぬ」

武士は神妙な顔をしていった。吉兵衛は、自分の首から吊るされた金色の玉を見て頭を落とした。

「お、お戯《たわむ》れでございましょう」

「何がだ」

「このようなもので鯉を捕らえようなどと、ご冗談でございましょう」

「拙者は冗談などいったことがない。いつでも至って真剣だ」

武士は胸をそらせるようにしていった。それでは困るのだと思った吉兵衛は、必死の思いで武士ににじり寄った。

「ここは御留川《おとめがわ》でございます。殺生《せっしょう》は禁じられてございます」

「分かっておる。だからこそ鯉がうじゃうじゃといるのだ」

「お役人に見つかれば、お武家様とて無事では済みますまい」

「役人はこのようなさみしいところへはやってこん。幽霊がこわいのじゃ」

　武士は固い表情を崩すことなくそういってから、さ、ぐずぐずしてはならん、とせき立てた。こんな形で心中しなければならないのかと思うと、吉兵衛の腹は情けなさでよじれた。

「もう外は暗うございます。水の中ではたとえ目を開いても、鯉の姿など見えますまい」

「案ずるな。今宵は満月。普通の鯉なら見えぬだろうが、黄金色の鯉は川底でも月の光に映えてよう見える」

　そういって立ち上がった武士は、分かるな、と物静かな口調で諭すようにいった。分かりませぬ、と吉兵衛は腹の中で答えていたが、口に出していうことはできなかった。


「それでどうしたのだ」

「どうもこうもございません」

　話の先を促した外記に対して、丸三屋は顔の前で手を左右に振った。三左衛門は黄昏色《たそがれいろ》に染まりだした空に目を向けて、しきりに思案をしている。

「そのような金の玉を首からぶら下げられては、とても死ねるものではありません。それまで思い詰めていたもの全てが急に虚しく思えて参りまして、こうなれば、久助の悪事を旦那様にバラして、自分は江戸から逃れてしまおうという考えも浮かんできたものでございます」

「それで店に戻ったのか？」

「戻りました。おハツが寒いと泣くものですから」

「それからどうなったのだ」

「全て旦那様に白状しました。当然久助もあたしもお店を追い出されました。おかみさんと理《わり》ない仲になったのですから、それでも軽い罰と申せましょう」

「女房はどうなったのだ」

それがです、といって吉兵衛は急に苦虫を嚙み潰した顔になって首筋の汗を拭った。昼間の熱気を溜めた川風が、今になって、動き出して料理茶屋の二階座敷に躍り込んできた。

「全ては、あたしがそそのかしたことから起きたことだと旦那様に告白しましたそうで……ま、女の武器と申さば嘘と涙だけでございますから、それでよろしゅうございますがね」

「おぬしの意見など訊いてはおらぬ。おハツという女房はどうなったかと訊いておる」

外記の追及に、汗を拭っていた丸三屋は気色《けしき》ばんだ。

「皮肉なもので、夫婦仲はすこぶるよくなったそうでございます。遊び人だった夫も自分が悪かったと悔い改め、女房一筋に可愛がるようになったとか」

「ところで丸三屋……」

外に目を向けていた三左衛門が、どうにも腑《ふ》に落ちないといった様子で声をかけた。

「されば、その黄金色の鯉は本当にいたのか。おまえに声をかけてきた武家者は、鯉を釣り上げたのか。どうなのじゃ」

「さあ、それが……」

「文化九年、いや、翌年だったかもしれん。さる老中の元に、金色の見事な錦鯉《にしきごい》を届けた者があると小耳に挟んだことがある。もちろん、幕閣入りを目論《もくろ》んだ譜代《ふだい》の贈賄《ぞうわい》であろうが……」

そこまでいって三左衛門は言葉を切り、宙に目を据えてけげんな顔付きになった。丸三屋、と外記が声をかけた。

「おぬしも運のよい奴じゃ。場合によっては死罪、良くても江戸所払いとなるところを、今はこうして立派に商人となって生きているのであるからな。おぬしの首に金の玉をぶら下げたという奇人に、感謝せねばならんな」

「あ、ええ、それはもう……」

そういって頭を下げた丸三屋吉兵衛の背中が、汗でべっとりとなっているのを芸者の一人が見て微笑《ほほえ》んだ。

「交合《まぐわ》うがよい」

武士はそういって小屋の戸に手をかけた。

「拙者は明朝まで戻らん。それまで心おきなく交合うことじゃ。死を前にした交合いは乾坤一擲《けんこんいってき》、凄絶なる絶頂感をものにすることができると聞く」

武士はそう言い残して小屋から出ていった。取り残された吉兵衛とハツは、心細気に互いの目の奥をさぐっていたが、やがてどちらともなく抱き合い、激しい交情に移りだした。

いつもは慎み深いハツも、これが最後と思い定めたのか、吉兵衛の首に手を回すと、股を開いてのしかかり、小屋の屋根が吹きとんでしまうかのごとき大声をたてて身体をのけぞらせた。小波に揺さぶられ、大波に翻弄《ほんろう》され、もう一度、もう一度とハツに懇願されているうちに夜は白々と明け、精も根も尽き果てて、吉兵衛はぐったりと土間に身を投げ、ほんの少しの間まどろんだ。目を覚ますとハツの姿はなく、代わりに大きな男の影がぬっと立っている。

あ、と声をあげそうになった吉兵衛の鼻先に、男は木桶《きおけ》に入れた一匹の鯉を突き出してきた。尾鰭《おびれ》をぴちゃぴちゃといわせているその鯉の背中に、小屋の節目から射し込んできた朝の光が当たって、鯉の体は眩《まばゆ》いばかりの黄金色に輝いている。

声も出せずに茫然としている吉兵衛に、男は細く研《と》ぎすまされた目を近づけてきて囁《ささや》いた。

「この鯉をさる大名の下屋敷に届けてもらいたい。二百両で談合がまとまった。駄賃としておぬしに三十両やろう。死んで菩薩《ぼさつ》の微笑みを受けるより、生きて弁《べん》天《てん》さまを抱いたほうが楽しいとは思わんか」

男はにっと白い歯を見せて笑った。その顔がとても人なつこいのに吉兵衛は気がついた。

「はい……」

そう呟いて身を起こしかけた吉兵衛は、男の次の言葉を聞いてさらなる迷路に踏み込んだ思いがした。

「あの女のことは忘れろ。らぶいず、おーばあ、というわけじゃ」

「？……」

階段を足音をたてて上ってくる者がいて、三左衛門が上体を向けると、江川太郎左衛門が顔を出した。

「おう、川路聖謨《としあきら》殿。やあ、羽倉外記殿も待っておってくれたか。お奉行様をお連れ申したぞ」

江川の言葉を聞いて外記は盃を置いて身を正し、三左衛門も腰を引いて後ろに下がった。

「待たせたな」

三十一歳の寺社奉行、水野忠邦は呟くような小声でいって座敷に入り、二人の前を通り過ぎて大川端に顔を向けた。対岸の岸辺に並んだ茶屋の桟敷に提灯《ちようちん》が灯り、川風に揺らいで川面に明かりを映している。

「大江戸の川開きはまこと風情がある……」

忠邦のその呟きを耳にした三左衛門は、思わず、あ、と声を出した。唐突に、奉行がかつて口にしたことを思い出したからである。

「黄金色に輝いた鯉を手に入れたことがあってな、それは見事な美しさであった。残念なことにさる幕閣のご重臣の方に……」

「きゃあ！」

三左衛門の思いは、岸辺に張り出した桟敷から響いてきた、カン高い女の叫び声によって打ち消された。

忠邦は下を眺め、何事かと寄ってきた江川と羽倉外記が忠邦の背後から身を乗り出した。三左衛門が欄干《らんかん》に手をついて、賑わいだ桟敷を見下ろすと、最後に丸三屋が恐る恐るといった態《てい》で顔を突き出してきた。

「何事じゃ」

「どうやら混雑のどさくさに紛れて、仲居の尻を撫でた不心得者がおるようですな」

耳ざとく下の騒ぎを聞きつけた江川が忠邦にそう説明した。提灯《ちょうちん》の灯った桟敷は、昼間のような明るさであるが、人がぎっしり詰まって足の踏み場もないほどなので、騒ぎを引き起こした張本人がどこにいるのだか分からない。

「なんていやらしいのさ、お侍さんのくせに。こんなときにおシリを触るなんて最低だわさ！」

仲居の叫ぶ声が再びはね上がってくる。その傍に、背筋を伸ばして毅然《きぜん》と坐っている浪人者の姿があった。

「あっ！　あの方は……！」

「むむ」

丸三屋と羽倉外記は異口同音に声をあげた。

「あれは、中村一心斎殿ではないか」

暗がりを透《す》かし見ていた江川太郎左衛門が、頓狂《とんきょう》な声でいった。なに、と応えたのは忠邦である。

「中村一心斎といえば、かつて儂が藩主をしておった肥前唐津では、音に聞こえた剣客であったぞ」

「あれが……」

三左衛門は欄干から身を乗り出して浪人者を凝視した。丸三屋も羽倉外記も絶句したまま声が出せない。

「さあ、さっさとあやまりなさいよ」

気丈な仲居はそう喚いて浪人者の背中をどついた。

「拙者ではござらん」

騒音を縫って、そう弁明する浪人者の落ちついた声が聞こえてきた。だが、提灯に映し出されたその横顔は、鮮血を垂らしたように赤く染まっている。

金四郎《きんしろう》思い出桜

一

文政八年九月六日(一八二五年十月八日)、川路三左衛門は勘定奉行の命を受け、北に向けて江戸を発った。行き先は下野国河内郡吉田村《しもつけのくにかわちぐんよしだ》、そこでいささか奇妙な紛争が持ち上がり、それを視察、検分するための出張であった。

「吉田村の古井戸で、一尺五寸の棹金《さおがね》が発見されたと報告があった。古井戸ではなく川底だとも、あるいは薬師堂《やくしどう》の床下だという話も流布《るふ》してきておる」

上司である勘定留役組頭の藤田茂三郎《ふじたもさぶろう》はそういって、三左衛門の顔色を窺うように首を伸ばした。二十日前、八ヶ月間に及ぶ江州《ごうしゅう》での出張を終えて江戸に戻ってきたばかりの三左衛門に、再び長期の出張を命じるのはいささか心苦しいとの配慮もあったようである。

だが、三左衛門はむしろ救われた思いで、藤田の出張命令を聞いていた。これでまた当分、妻の気鬱《きうつ》と付き合わないで済む、と思っていたからである。

機嫌のよいとき、妻の里子《さとこ》は夫を極楽蜻蛉《ごくらくとんぼ》殿と呼ぶ。使用人の前でも平気でそう呼ぶので三左衛門は閉口する。もっとも頬骨が尖《とが》り、両眼とも大きいその顔は、集約すると蜻蛉に似ていないこともない。

「そこでこの棹金《さおがね》の所有者を巡って争いが起きている。水野結城藩《みずのゆうきはん》だけでなく、宇都宮藩《うつのみやはん》、はては出羽久保田藩《でわくぼたはん》からも、郡奉行配下の者が出張《でば》ってきておると聞き及んでおる。この件については御老中様も、重大な関心を寄せられておるというぞ」

藤田はそう言って首だけでなく、右肩もぐっと下げて三左衛門を睨《にら》みつけてきた。つまり、幕府にも金の延べ棒を横取りする権利があるのではないかと、無言のうちに圧迫をしているのである。

「この度《たび》の発見は一本だけだが、この後ぞくぞくと出ると予見する者もおる。かの地には、昔から埋蔵金が隠されておると伝えられているそうじゃ。そなたも存じておろう」

「結城家の財宝でございますか」

「さよう、結城晴朝《はるとも》が隠匿したお宝じゃ」

藤田は頷《うなず》き、上体を起こすと思惑あり気に顎《あご》を撫でた。

畳に目を落としながら、これはいささかやっかいなことになりそうだと三左衛門は気をひきしめた。

結城家十八万石は藤原秀郷《ふじわらひでさと》以来の名家であった。平将門《たいらのまさかど》を下した秀郷は、下野小山《おやま》に本城を築き、下総結城に支城を置き、以後直系が城を守った。文治《ぶんじ》五年(一一八九年)八月、秀郷から数《かぞ》えて八代目の小山政光《おやままさみつ》の三男七郎朝光《しちろうともみつ》は、源《みなもとの》頼朝《よりとも》の奥羽征伐《おううせいばつ》の先陣をつとめ、金剛秀綱《こんごうひでつな》を討ちとり、金銀の恩賞を賜《たまわ》ると同時に、結城を名乗って城主となった。

以来、十七代の結城晴朝までの四百十年間、北関東の穀倉地にあって、強権をほしいままにして財力を蓄えた。

十八代の秀康《ひでやす》は家康《いえやす》の次男であり、晴朝の養子となって、慶長《けいちょう》六年(一六〇一年)、越前福井《えちぜんふくい》、六十八万石に封ぜられて国替えとなったが、六年後の慶長十二年閏《うるう》四月に、三十四歳の若さで非運のうちに死んでいる。

長兄の信康《のぶやす》が、信長《のぶなが》の命によって殺された後は、順番であれば秀康が二代将軍となるべきなのだが、なぜか家康にうとんじられ、三男の秀忠《ひでただ》が慶長十年に将軍となった。

結城晴朝も、秀康の死をみとった七年後に八十一歳で世を去り、結城家は絶えた。

当時、まだ存命であった主君家康は、下野、下総一帯に「結城家の埋蔵金を発掘する者は重罪に処す」と布告を出した。

「秀康様が越前福井に転封された後、晴朝も越前北ノ庄《えちぜんきたのしょう》に移り住んだのじゃが、結城を去るにあたって永年貯えた金銀財宝を何を血迷ったか、あのあたりの地中深く埋めてしまったということじゃ」

組頭の藤田茂三郎は眉間《みけん》に縦皺《たてじわ》を寄せ、口角に泡をとばして、結城晴朝憎しとばかりに声を荒げた。

「ははあ」

そう相槌《あいづち》を打ったものの、結城家が四百年かけて貯えた財宝を、むざむざと徳川方に渡してなるものかと思う晴朝の心境を、理解できるだけの分別が三左衛門にはある。

「その量、二尺の棹金四百、一尺五寸の棹金七百、砂金百貫、小判にしておよそ三百万両に及ぶという」

「げっ」

三左衛門は覚えず呻《うめ》いた。藤田は下ぶくれした頰を上下に振って、鷹揚《おうよう》に頷いた。

「拙者も奉行から聞かされたときはたまげたものじゃ。それだけあればおよそ一年と半年、何の収穫がなくとも幕府は幕臣を養っていけるからのう」

三百五十俵高の藤田は、そういってからふうと大きな溜息をついた。役高の百俵をたしても、先祖より累積した負債は到底消えるものではない。先頃藤田は、娘を小普請吟味方《こぶしんぎんみかた》の者の元へ嫁《とつ》がせたのだが、嫁入りに必要な持参金三十両を容易に捻出《ねんしゅつ》することができず、親戚に無心を頼み、それでも不足して、不承不承《ふしょうぶしょう》札差《ふださし》に頭を下げてやっと用意をすることができたと聞いている。

その苦しい事情は三左衛門にも痛いほど分かる。もし、妻里子と離縁すれば、持参してきた十五両を即刻返さねばならず、すでに借金の返済にあてててしまった今となっては、どう算段してもそのような大金は捻出できない。それで離縁状を突きつけることが叶《かな》わずに、我慢を強いられているのが実情なのである。

いちおう武士の体面を保って、上下《かみしも》を着て組頭の前でかしこまってはいるが、この度の出張で、通常の路銀のほかに、いったいいくらの手当てを加えてもらえるのかと、そっちのほうにも気がいっているのである。

「ともかく結城家の埋蔵金発掘は神君家康公のときより、これまでにも何度か試みられておる。元文《げんぶん》三年三月、吉宗《よしむね》公の時代にも、町人半田三右衛門《はんださんえもん》なる者の名義で結城城下の神社境内《けいだい》、吉田村の一部等も掘っている。しかし、土砂崩れにあい、発掘を中止したと覚え書きにはある」

「恐れながら、その折の発掘人は町人となってはおりますが、実際に指揮をとったのは、大岡越前守忠相《おおおかえちぜんのかみただすけ》殿であったとの話も伝わっておりますが」

それは寺社奉行をしていた水野忠邦から聞いたことだ。もし、勘定奉行が忠邦であれば、自ら現地におもむいて、溌剌《はつらつ》と指揮をとることだろうと三左衛門は思った。

昨年の五月二十八日、大川の川開きで奉行と花火を見物したのが懐かしい思い出となって残っている。それからよ月《つき》たった十月に、三左衛門は二年ぶりに勘定留役の任務に戻った。寺社奉行だった忠邦は、ついひと月前に、大坂城代に抜擢《ばってき》されて下坂した。

三左衛門に大岡忠相の名前を出された藤田は、露骨にいやな顔をした。それは内密なこととして、これから順次伝えようとしていたところだったのだ、とその顔は語っている。

「ともかく、一片の金の延べ棒が騒ぎの元となっておる。吉田村といっても、上《かみ》と下《しも》、それに本《もと》吉田と三つに分かれており、それぞれ領主が異なる。つまり、延べ棒がどの地で発見されたのかが問題なのじゃ」

「ははっ」

「上吉田となれば、天領もかかっておる。心して係争地検分に当たるのじゃ」

「かしこまってござりまする」

三左衛門は頭を下げた。里子のカン走った細い顔が浮かび、旅の前にまだ一つ難問があると、胸の潰《つぶ》れる思いでひとりごちた。

二

牛込原町《うしごめはらまち》の屋敷を明け六ツ（午前六時）に発った川路三左衛門は、千住《せんじゅ》から日光街道を北に向かい、草加《そうか》を過ぎ、その夜は越谷《こしがや》に宿をとった。

すでに日は落ちていて、部屋を案内した女中に風呂が先か夕餉《ゆうげ》が先かと訊かれて、迷わず飯と返答した。そのとき、行灯《あんどん》の明かりに映った三左衛門の額に目をとめた女中が、けげんな顔をした。

お怪我を、といおうとして女中は言い澱《よど》んだものらしい。三左衛門の露骨な目玉が、女中の言葉を拒絶していたのである。

右の眉毛の端から額の中央にかけて、みみずが這《は》ったような腫《は》れができている。それだけではなく、昼の光の下で見れば、左の顎から喉仏にかけての首筋に、鋭い引っ掻き傷があるのが認められるはずである。

昼食をとった街道筋の蕎麦屋《そばや》で、隣に坐った薬売りが、しきりにその首筋のあたりを眺めてくるので、三左衛門はくわっと両眼を開いて睨み返した。薬売りは、自分の寝床に仁王様が転がり込んできたような驚き方をして、危うく手にした丼を落としそうになった。

額の腫れは懐剣《かいけん》の鞘《さや》で打たれたものであり、首筋の掻き傷は、鋭い爪で引っ掻かれたものである。仕掛人は妻の里子である。

昨日、屋敷に戻り、里子に着換えをしてもらっているとき、今度《このたび》、下野まで出張命令を受けたことを伝えた。

急なことなので旅の仕度は軽装でよい、と里子の気に障らぬようにゆるりと伝えた。さようでございますか、と平穏な様子で答える里子に安心をしていたら、振り返りざま額を打たれた。

女子《おなご》とはいっても、里子は旗本の娘である。小刀の心得が十三歳のときよりある。覚えず呻いて片膝を折った三左衛門に向かって、「それほどまでにお家におられるのがお嫌いか」と里子は叫んで自室にこもってしまった。

夕餉をすまし、書見をして、寝床に入った三左衛門は、このままでは埒《らち》もないことなどといって済ますわけにはいかんな、と考えていた。いずれ人の口の端にのぼれば出世にも影響する。離縁するには妻の持参金を返済する必要があるが、それは、再婚する新妻の持参金で補てんできると思いついたあとで、

――御殿詰組頭に、立ち姿の美しい次女がおると聞いておるが、次はあれにするか。

思い巡らすままに都合のよい妄想をかきたてて、心地よい眠りについたと思われたとき、するっと開いた襖から白いものが入ってきて、やにわに首筋を引っ掻いてきた。

ぐえっ!

悲鳴をあげてとび起きた三左衛門は、そこに化け猫を見たように錯覚して、さらに、わっ、と声をあげた。

まっ白く塗られた白粉顔《おしろいがお》の中に、爛々《らんらん》と光る目があって、三左衛門を睨みつけ

ている。廊下をやってくる家士の足音が響くと、里子は闇の中にすっと浮かぶように立ち上がって隣室へと消えてしまった。

どうかなされましたか。

三左衛門が十二歳で川路家の養子となったときから勤めている老爺が、息をゼイゼイさせながら廊下から声をかけてきた。なんでもないと返答したものの、その後半時（一時間）ばかり、心の臓が乱れ打って、眠りにつけずにいた。

だが、出立のときの里子は、前夜の不可解な行動をけろりと忘れたように主人の旅立ちを見送った。ただし、寝巻姿であった。商家の妻ならいざしらず、武家の妻女では極めて稀《まれ》な振る舞いである。まず、夫婦不仲の噂はたてられる。

越谷の宿の夕餉はまずまずであった。近くの部屋では、女を部屋に呼んで酒を飲んでいる商人もいたようだが、三左衛門にはそうするだけの余裕がない。気力が乏しいのではなく、手元が不如意《ふにょい》なのである。老け顔のため三十過ぎに見られるが、まだ二十五歳の男盛りである。八ヶ月間留守にしたあと、江戸の屋敷で待っていたものは、妻の同衾《どうきん》拒否であった。

あやつが怒るのも無理はない。しかし、これは役目なのだ。そこんところを理解してくれなくては困る。

江州への出張は、井伊掃部頭《いいかもんのかみ》と松平伯耆守《まつだいらほうきのかみ》の間に領地の境界紛争が発生したため、その検分に当たったのである。正月に江戸を発ち、紛争に結着がついたのが六月末。伊勢路より東海道を経て、江戸に帰りついたのが先月の十六日。そして、今度の出張である。里子が色をなすのも道理ではある。

――だがやはり、金が溜まれば離縁することになろう。

里子の腰の骨は、三左衛門が被さると腹に刺さるほどに痩せている。

――拙者は豊満な女体が好みなのじゃ。

旅館の湿った蒲団を顎の上まで引き上げて呟《つぶや》いてみた。闇は黙して返事をしない。

翌朝、七ツ（午前四時）に旅籠《はたご》を出立して、粕壁《かすかべ》をまだ夜明け前に過ぎ、杉戸《すぎと》に出ると日光街道をはずれて道を右にとった。下総北葛飾の水田地帯を朝の光に向かって早足に歩いた。一泊分の旅籠代を浮かせるためである。

関宿《せきやど》を抜けると利根川《とねがわ》に出る。船賃は十二文だが、波が速く荒いため、舷側《げんそく》に坐った三左衛門に激しく水が被さってくる。

船が揺れると年増の女まで悲鳴をあげる。今年は寒冷のため不作だった。例年の三割近くは収穫が落ち込むだろう。それなのに、太った女が図々しく悲鳴をあげているのかと思うと三左衛門は腹が立ってきた。

「騒ぐな！」

三左衛門は下脹《しもぶく》れした土饅頭《どまんじゅう》のような女に向かって一喝《いっかつ》した。笠が水びたしになり、肩にも波を被った武士の憤慨した形相に恐れをなした女は、青くなって俯《うつむ》いた。

利根川を渡り、関所を越え、境《さかい》で遅い昼食をとった。そこからは五里半で結城の城下に入る。

三左衛門は豊かな穀倉地帯を左右に見ながら、なんとしても日のあるうちに城下に着きたいものだと急いだ。結城藩の勘定奉行の役宅を訪《おとな》い、その次第によっては、臥所《ふしど》と夕餉を供してもらえるのではないかと踏んでいたからである。

結城藩一万八千石は水野勝愛《かつさね》が藩主となっている。結城秀康が越前福井に移された後は幕府領となり代官の支配下となったが、元禄《げんろく》になって、能登西谷《のとにしやち》一万石から水野勝長《かつなが》が転封となって移ってきた。

勝長は結城古城跡に城を築き、加増も受けた幸運な藩主である。現藩主勝愛は勝長から数えて六代目であるのだが、その六代の間に、結城晴朝が埋蔵した金銀の一部なりとも発掘したのではないか、と組頭の藤田茂三郎は疑っていた。

水野勝長が転封されて来る前の百年間は、領主がめまぐるしく替わり、その誰もが埋められた財宝を狙いながら掘り当てることができなかったからである。

古城跡に鍬《くわ》を入れることのできた水野家代々の藩主こそが、金の延べ棒を掘り出し、ひそかに隠匿《いんとく》しているに違いないと藤田はいうのである。

だが、三左衛門はそれを貧乏御家人の妄想だと思っていた。金銀が発掘されれば隠密の手によって、数日を経ずして江戸城内に知らせが入るはずだからである。

三

結城藩、勘定方の組屋敷に、一室を与えられた川路三左衛門は、一汁一菜の粗食に落胆したが、顔には出さず、翌九月八日、奉行配下の吟味役と共に吉田村に向かった。城下より北へ距離にして二里、吉田用水に沿って行くとまず下吉田に入った。

そこは桑畑の村であった。養蚕《ようさん》農家が所々に点在し、桑の葉は上から降り注ぐ秋の陽光を受けて眩《まばゆ》く輝いている。

本吉田に入ると水田も目につくようになった。ここら一帯は結城紬《つむぎ》が特産物なのは三左衛門でも知っていたが、同行してきた福田勝平《ふくだかつぺい》によるとカンピョウも盛んになりだしたのだという。

のどかな光景の中をのんびりと歩いているうちに、ここに来た目的を忘れそうになる。三左衛門はふあっと大きな欠伸《あくび》をしながら、昼飯のことを考えた。

「！」

その三左衛門の目に、異様な光景がとび込んできた。いくつかの農家が街道沿いにあり、水田は稲穂が頭《こうべ》を重く垂れていて、小高い丘に向かって紬織りの小屋が点在している。

それはどこにでもある農村の佇《たたず》まいなのであるが、そのところどころに、武家姿の者たちがある者は三人固まって佇み、ある者は水田脇の石に坐り、別の者たちは何やら殺気立って身構えている、となると尋常ならざる雰囲気といわねばならない。

「あの者たちは？」

三左衛門は傍にいる福田勝平に訊いた。

「このあたりに領地を持つ藩の者でございましょう」

福田は用心深い目をして三左衛門に答えた。

「いったいこんな所で何をしておるのだ」

「金の延べ棒を待っているのでござる」

「待っている？　それはどういうことだ」

「延べ棒を発見したのは、旅の浪人者だということです。その者が今日あたり、そこの仙右衛門《せんえもん》という肝煎《きもいり》のところへ現われるということなのです」

水田から引っ込んだところに土を踏み固めた庭があり、陽を受けた縁側のある農家があって厚い綿入れを着た老人が居眠りをしている。庭には広げられた筵《むしろ》に隠元豆《いんげんまめ》が干されているが、いねむりをしている老人のほかには人の気配がない。ただし、どこかでコッコッと鳴く鶏《にわとり》の声がする。

三左衛門は老人から視線を福田に戻して首を傾げた。

「すると延べ棒は、その発見した浪人者がまだ所持していると申すのか」

「さようです」

「はは あ、そういうことか。これは迂闊《うかつ》であったな。拙者はてっきり、結城藩に届けられたものだと思い込んでおったわ」

「どこで発見されたかによって所有者が決まります。だが、いまだに風聞だけで、どこで見つかったか判明しておりません。発見した者が姿を消してしまったのです」

「持ち逃げしたのか？」

「それがどうもはっきりしません。しかし、戻ってくるというからには雲隠れするつもりではないのでしょう。奉行の話では、延べ棒と引き換えに、その浪人者は仕官しようという魂胆《こんたん》ではなかろうかというのです」

「うん、それは、ありうる」

三左衛門は頷いた。そうしながら、石の上に腰かけている一人の武家の横顔に視線を注いでいた。どこかの藩士のようだが、着流しで袴《はかま》をつけずにいる風体は、妙に垢抜《あかぬ》けしていて江戸の香りさえ漂ってくる。

ほかの武家者は堅苦しい様子で互いに牽制《けんせい》さえしているのに、その武士は周囲の空気とは馴染《なじ》まない所で、一人超然と呼吸をしている。

目鼻立ちの整った武士で、三左衛門より四、五歳年上のようだが老け込んだ感じはなくて、むしろ妙な色気がある。だが、そこにいることを楽しんでいる様子はない。鬱々《うつうつ》とした横顔を、丘の先に向けて煙たげに目を細めている。

「その浪人が所持していた金の延べ棒を、確かに見たという者の証言も、それがしが直接聞いております。この家の肝煎もその一人です。小柄《こづか》で金を切り刻んだということです」

「ふむ、さぞかし村の者は仰天《ぎょうてん》したことだろうな」

相槌を打ちながら、あの者、どこかで見たことがある、と三左衛門は考えていた。

城の中ではない。亀沢町にある直心影流の団野道場でもない。幼少時に通っていた手跡稽古（習字）の折に出会ったのではないかと思いを巡らせてみたが、どうも違う。三左衛門は十七歳のときに勘定所の吏員登用試験に合格し、翌年、支配勘定出役に採用され、養父の代からの無役を返上して大いに喜ばれたのであるが、その登用試験を受けるために算術の塾に二年通った。そこですれ違ったことのあるやつかもしれないと、記憶の底をひっくり返して出てくる者の顔を一人一人あたってみたのだが、どうも視線の先の武士に該当する者の顔はない。

それならば気にしなければよさそうなものなのだが、何故か気にかかる。才気が漲《みなぎ》ってこちらを圧迫してくるという種類の気になり方ではない。しかし、あの男の身体の中には常人とは異なる妙な鉱脈が潜《ひそ》んでいると、三左衛門は感じていた。

「率爾《そつじ》ながら幕閣のお方とお見うけ致す」

両肩を怒らせた二人連れの武家が三左衛門の前にやってきて、いびつな顔を向けて口を開いた。二人とも背丈は五尺二寸と低いが、武道の稽古は積んでいるものと見えて、身のこなしに隙がない。

「我ら両名は戸田忠温《とだただよし》の家臣の者でござる。この地に通うこと八日、一向に事態は進行してござらん。されど、延べ棒を発掘せし者が現われしときは、その所有を巡ってここに待機する者同士が紛糾《ふんきゅう》するは必定でござる。ならばその前に、延べ棒が埋まっていたという場所を捜索することが肝要なのではござらんのか」

「下吉田村は我が宇都宮藩の領地の一部じゃ。すなわち、棹金がその村内で発掘されたと立証されしときは、我が藩に所有権がござる」

二人は鮒《ふな》の子のように小さな目を強引に開いて、三左衛門を睨みつけてくる。

その気迫の前に三左衛門はたじたじとなった。

「待たれい。そこもとどもが何を主張しようが勝手であるが、このあたりは領地が複雑に入り組んでおる。今一度、領主の確認をすることこそが先決でござろう」

そう声高に叫んで近づいてきたのは三人連れの武士である。こやつらは出羽久保田藩郡奉行の配下の者たちだなと三左衛門は見当をつけた。秋田は打ち続く飢《き》饉《きん》で藩内は困窮の極に達している。なにせ参覲交代《さんきんこうたい》の費用にも事欠く始末だと聞いている。必死になるのも無理はない。一つの金の延べ棒の周囲から百個の金塊が発見されるかもしれないのである。

三人の武士は並んで進んでくると、五尺二寸の二人の武士の前に威嚇《いかく》するように佇んだ。中央の者は六尺近い上背がある。

「さよう。下吉田村下吉田村と数日来繰り返していわれておるが、下吉田村の石高はわずかに十六石。戸田宇都宮七万七千石が、目くじらをたてるほどの村ではござらんであろう」

「何を申すか。我らは石高を問題にしておるのではない。棹金が発掘されし場所がもし下吉田の村内であったのであれば……」

「待たれい」

たまらずに三左衛門は五人の中に割って入った。

「領地の確認であれば、ここにおる結城藩勘定吟味役の福田勝平殿が申し上げる」

三左衛門は福田を見返した。頷いた福田は風呂敷を広げて文政郷帳を取り出した。五人は、おおという表情で福田を見つめている。福田は若いが小太りで身体の幅があるため不思議な貫禄がある。

「まず成田《なりた》、下文挟《しもふばさみ》それに下吉田の三ヶ村は宇都宮藩領、上坪山《かみつぼやま》村は旗本二氏との相給でござる」

うむ、と二人の武士は頷いた。三左衛門は一人離れて石の上に腰を下ろしている着流しの武士に目をやった。こちらでのやりとりは聞こえているのであろうが、関心を払う様子もなく空にぽつぽつと浮いた丸い雲に顔を向けて憂鬱そうに目を細めている。

藩士にはない崩れ方を身につけていて、それはどこか寛政《かんせい》期に写楽《しゃらく》が描いた役者絵から抜け出してきたような風情がある。

「……東根《ひがしね》、薬師寺《やくしじ》さらに花田《はなだ》を加えた八ヶ村が久保田藩領でござる」

「むむ」

「おう」

「う」

六尺の背丈の大男を真ん中にした三人が得意気に頷く。福田は帳面を繰って顔をさらに近づけた。

「上吉田、下坪山の二ヶ村は幕府と旗本神谷《かみや》氏との相給、谷地賀村《やじつか》は宇都宮藩と旗本三氏の相給。以下でござる」

福田は郷帳から目を上げて五人を見回した。待て待て、といったのは久保田藩の六尺男である。

「肝心のこの村はどこの領地になっておるのじゃ」

「されば……」

福田はむつかしい顔になって帳面を繰った。

「別当河原《べっとうがわら》、上《かみ》、中川島《なかかわしま》、成田、そして本吉田の五ヶ村は、旗本知行地となっております」

「旗本？　それは誰じゃ？」

六尺男は福田の傍から首を曲げて郷帳を覗《のぞ》き込んだ。ほかの者も福田の手元に目を向けたが、三左衛門はぽつねんと石の上に坐っている着流しの武士のほうに視線をやった。

「……本多《ほんだ》、板谷《いたや》、えーと、それに遠山《とおやま》……」

六尺男がそう呟いたとき、着流しの武士はその茫洋《ぼうよう》とした顔をこちらに向けた。三左衛門は、ん、と声を出した。気付いた久保田藩の一人が後ろを向くと、ほかの四人もつられて振り返った。

「おぬしは？」

三左衛門の中途半端な問いかけに、着流しの武士はのんびりとした反応を示して、はあ、といった。それから不承不承といった様子で立ち上がり、首筋を掻きながら三左衛門に向けて顔を上げた。

「いちおう、本吉田はそれがしの知行地となっておるようです」

「いちおうじゃと？」

そういって眼尻を上げたのは六尺男である。別の一人が彼に姓名を尋ねると、着流しは、曇らせていた顔の一部を桃色に染めた。それは奇妙な狼狽《ろうばい》ぶりだった。

「はあ。遠山……金四郎と申す者で……、金四郎景元《かげもと》……。いや、どうも、この名前にはまだ馴染《なじ》めないもので」

「……」

金四郎と名乗った武士は、さらに白い歯を覗かせて首筋をポンポンと叩いた。

五人の藩士は気後れした様子で江戸の旗本を眺めている。三左衛門は思いつくことがあって歩を前に進めた。

「遠山景元殿といわれると、御作事奉行より勘定奉行に転じられた遠山景晋《かげみち》殿の……」

「はあ、景晋はわたしの祖父です。いや、本当は実父なのですが、お上《かみ》への届出では、祖父ということになっているのです」

お上、という言い方が面白く、三左衛門は思わずほうといって頭を振り上げた。振り返ると、福田が白茶けた顔で金四郎を見つめている。五人の藩士は一様に四角張った表情で茫然《ぼうぜん》と突っ立っている。幕府の勘定奉行といえば二千石高で田舎の武士にしてみれば雲の上の存在である。それでは父上の要請で下野のこの地まで出張《でば》ってきたのかと訊こうと思ったところへ、南のほうから悲鳴をあげて駆けてくる者があった。

「お助け下さい！　お武家様方！　どうぞ、お助け下さい！」

足をもつれさせて駆けながら、老人は必死でそう叫んでいる。

三左衛門たちのところまであと二、三間というところまで来て、急にへなへなと腰を下ろした。汗をかいた顔面に土埃が付着して、二年前の干し柿のような顔になっている。

「爺い、どうしたのじゃ」

気を取り直した六尺男が尊大な様子で訊いた。唇の脇に付いた泡を拭い、老人はやっとの思いで口を開いた。

「孫が、孫娘がかどわかされてしまいました……」

「なんじゃと⁉　誰にだ？　どこに連れていかれたのじゃ⁉」

「野武士に、いえ、山賊に……。担ぎ上げられて、孫娘は……」

「賊はどこに行ったのじゃ。山か？」

「いえ、この下の、農家に立て籠《こも》っておりますだ。娘を返してほしくば金《きん》を持ってこいと……孫が、孫があいつらに……」

老人は頬に手をあてたが、乾ききった目からは涙も出てこない。福田勝平が老人の肩に手を置いて、その痩せこけた身体を揺すった。

「金？　賊は金を持ってこいと申したのか？　どうなのじゃ、爺い！」

「は、はい……。金を……金の延べ棒を持ってこいと……。娘と引き換えじゃと申して……孫は、あの者たちにおもちゃにされて……孫は……」

老人はしぼみきった身体からかろうじて声を出した。五人の藩士は互いの顔を見合わせ、どうする、といった。次の言葉を続ける者がなく、秋の日差しの下にむさくるしい沈黙が落ちていた。

「簡単なことです」

そういったのは遠山金四郎である。

「娘を救い出すのです」

「し、しかし、金の延べ棒と引き換えというのでは……」

福田が何やら尻込みして見える五人の藩士に代わって、弁解するようにいった。城下まで戻って応援の手勢を頼むには時がかかり過ぎる。しかも、ここは領地の外なのである。

「ご老人。賊は何人おったのだ？」

金四郎が尋ねると、老人は肩で荒い息を吐きながら五本の指を広げて差し上げた。

「敵が五人なら我ら全員で押し込めば勝てる」

「さ、されど、棹金が無くては……」

久保田藩藩士の一人が金四郎に向かって顎を引いて弁明しかけたとき、

「延べ棒ならここにある」

背後の農家からそう声を放つ者があった。

見ると庭に佇んだ浪人者が、右手に一尺五寸の棹金を持ってこれ見よがしに差し上げている。

「お、おぬしがそれを発見したのか？」

「ど、どこで見つけたのじゃ。下吉田か？」

「そうではなかろう。東根か、田中か？　どうなのじゃ」

藩士たちは浪人に駆けよりざま、口々に喚きたてた。浪人は棹金を無造作に懐《ふところ》にしまうと、五人の藩士を置いて、道端にへたり込んでいる老人のところまで流れるような足取りでやってきた。そしてその脇の下に浅く手を入れた。

「さ、孫娘が捕らわれている農家まで案内《あない》せい」

浪人に促されると、老人は不思議にまっすぐに立ち上がった。それから、へえ、と頭を下げてしっかりした足取りで足早に歩き出した。そのあとを行きかけた浪人は、ふと五人の藩士のほうを振り返り、もう一度棹金を高く差し上げた。

「狼藉者《ろうぜきもの》を捕らえ、娘を救い出した者こそが、この延べ棒の所有者でござる」

それを聞くなり一同は、おお、と怒鳴って駆け出してきた。その目には一様に狂気じみた色合いが浮いている。

浪人は三左衛門のほうに昂然《こうぜん》とした一瞥《いちべつ》を投げかけて歩きだした。そのとき三左衛門は、覚えずおおそうじゃと声高にいって手を打った。

「思い出したぞ。おぬしは先年の大川の川開きの宵《よい》に、料理茶屋の仲居のシリを撫でて叩かれていた者であろう」

三左衛門は浪人の背中に向けて指を差し出した。浪人は、目尻を吊り上げた厳しい形相で振り返った。

その顔は、一年前と同じく、夕日に染め上げられたごとく赤くなっている。

四

金になることなら盗み、追い剝《は》ぎ、かどわかし、殺し、と何でもやる連中だった。本吉田から西に四丁ほどいった、的場《まとば》と呼ばれる小さな村落の一軒の農家に籠城した五人組は、老人の先導で九人の武士がやってきたのを知ると、まず見せしめにその家の百姓を叩きのめし、血だらけにして外に放り出した。そうして老人に金の延べ棒を持たして寄こせ、そのあとで馬を五頭用意しろと法外な注文を出してきた。

農家は田川《たがわ》に沿って建っていて、そのあたりはかつて結城晴朝が館を建てて住んでいたあたりだと聞いている。

一行の最後尾について、田川にかかった橋を渡ったときから、金四郎は、たとえ自分一人になっても、きっと娘を救い出してやろうと決意していた。たぶん江戸へ奉公に上がる途中で出喰わした災難なのであろう。だがたとえ、何事もなく江戸へ行きついたとしても、口入れ屋が善良な者であればよいが、女衒《ぜげん》まがいの奴の手にかかったら、その行末はどうなるか分からない。

白糸《しらいと》のように……。

運のない女だった。金四郎はかつて白糸が静かに呟いていたことを思い出していた。上州《じようしゆう》の小作農の娘に生まれ、幼い頃より、いずれは奉公に出される身だと親からいわれ、自分でも親の助けになるのなら、そのほうがよいと納得して育ってきたという。

――十二の年に五年奉公、一両二分で江戸の紅問屋に下働きで上がることが決まった。家を出るとき、おかあは泣き、おとうは酒に酔っていた。みつは鉄屑《てつくず》で柿の木に、アリガトウと刻んだ。その字は迎えにきてくれたおじさんが教えてくれた。

やさしいおじさんだった。足の皮が破れて血が出るとおぶってくれた。明日は江戸に入るといわれた三日目の晩に、やさしいおじさんは鬼に豹変《ひようへん》してみつに襲いかかった。泣くと殴られた。何度も何度も拳で殴られて気が遠くなった。

気が付いたのは、女陰《ほと》からすごい痛みが突き上げてきたからだった。焼《や》け火箸《ひばし》を突っ込まれたような痛みだった。つらくて声が出せず、このまま死ぬんだと思った。

翌朝早く旅籠を立ち、途中で船に乗せられた。ここだといわれて降りたところは風が強く、殺伐とした宿場だった。裸の男たちが大ぜい岸辺に出て、荒っぽい怒鳴り声をたてていた。そこは江戸ではなく、潮来《いたこ》というところだった。

飯屋で一年働き、そのあとは赤い着物を着せられて、汗と泥の臭いが染みついた男たちの相手をさせられた。男と寝るのがいいと思ったことなど一度もなかった。あんなものが、男にとってはどうしていいのだろうかと不思議だった。楽しみはお客が残してくれた朝ごはんを食べることだった。あとになって、やさしいおじさんに四十両で売られたことを知った。

でも、五年後に身請けしてくれる人が出てきて幸せだった。四十五歳で古着を担いで方々を商いしていたあの人に、それだけの大金があったのは不思議だったけど、いつか奥さんにしてくれるといってくれた。

本所石原町《ほんじょいしはらちょう》の長屋に住んで半年もたたないうちにあの人は麻疹《はしか》にかかって死んでしまった。奥さんがうちにやってきて、着物を二枚やるから出ておいきといった。

あたしにできることといったら、男の人の相手をすることだけだった。面白くなかったけど、あきらめていたから苦しくはなかった。おとうとおかあに、月の晦日毎《みそかごと》に二分仕送りできるので嬉しかった。その度に家を出るとき、柿の木に印した「アリガトウ」の文字を思い出した。

あたしは幸せ。あたしほど幸せな女はいないと思う。金四郎さんみたいないい人に好かれて、本当に幸せな女だと思う。金四郎さんが外に出掛けたあとでは、いつでも神棚に祈った。あたしの男が今夜も帰ってきてくれますようにって祈った。奥さんができても、ほかにお妾さんができても、あたしをどっかに置いておいてね。婆さんになったら、下働きでもいいから金さんの顔の見えるところに置いておくれ。後生だから、捨てないでおくれ。外で腹が立つことがあったらあたしをぶって気を晴らしておくれ。

「………」

いい女だった。本当にいい女だった。

養父の景善《かげよし》が昨年死に、金四郎が実父景晋の順養子として幕府に承認されたとき、金四郎の心は鬱々として晴れなかった。旗本が屋敷に深川女郎を入れることは絶対にできなかった。白糸の生き写しを背中に彫ることが、金四郎にできるせめてもの抵抗だった。武家制度への抵抗だった。

白糸は金四郎が背中に彫り物をしたことなど知らない。彫られているとき、その痛みに歯をくいしばりながら、己が長屋を出たあとの白糸の悲しみを思って耐えた。

自分は卑怯だと金四郎は思う。黙って長屋を出てきてしまった自分は武士どころか、男の風上にもおけない卑怯者だ。卑怯で臆病で最低の男だ。

実父の命令でこんなところまでやってきてしまったが、この騒動は自分にとっては人生のけじめをつけるよい機会なのかもしれない。いや、神仏が我に与えてくれた、一世一代の博奕《ばくち》なのだ。

金四郎は抜刀するなり飛びだした。二十間の距離を一気に駆け抜けるつもりで疾走した。だが、柔らかい畑の土に足をとられて体勢を崩した。

ダーン！

農家の雨戸の隙間から覗いた銃口が火を噴いた。

それを目にとめた瞬間左肩に衝撃が走り、頭から畑の土にもんどり打った。

「銃口に向かってまっすぐに走ってはならぬ。斜めに、右、左と跳んでいくのだ」
　浪人者が落ちついた声でそういって金四郎の襟《えり》を開き、傷口に手拭いをあて
た。そのとき背中の彫り物が浪人の目にとまったはずなのだが、浪人はそれには
触れず、後方に待機して様子を窺っている五人の藩士に向かって、突っ込め、と
怒鳴った。
「気合いじゃ。気合いを込めて押し込めば、鉄砲の弾丸《たま》など弾けとんでしまうわ
い。がっつ、じゃ」
　そういっているときにもう一挺《いっちょう》の鉄砲が火を噴いた。へっぴり腰で進み出し
た藩士の一人が、わっと叫んで吹っとんだ。おい、川路、と浪人は銀杏《いちょう》の木の後
ろで身を潜めている幕臣に声をかけた。
「この者の左肩をきつくしばってやれ」
　そういうと浪人者は立ち上がって畑の中を、二つの銃口が狙っている農家に向
かってゆっくりと歩いていった。
「！」
　危ない、と思った金四郎はその刹那《せつな》目を疑った。浪人者の右手が軽く振られる

と同時に、二つの銃が音を弾かせた。するとどうしたことか雨戸を倒して血だらけの野盗が二人、転がり落ちてきたのだった。

地べたを這うようにしてやってきた川路と呼ばれた幕臣が、金四郎の肩に手を置いて呆然《ぼうぜん》と目を見開いた。

「な、なんだ⁉」

「暴発だ」

そう言いざま、金四郎は川路の手を肩から振り払って今一度、突撃せんと駆け出した。農家の土間にとび込むと、暗がりから刃がするすると伸びてきた。かわしざま大刀を横に薙《な》いだ。手ごたえがあった。手首が痺《しび》れるほどの反動だった。

噴き出した血が金四郎の首筋にかかった。

茶の間に上がると、裏のほうから賊の一味らしい者の絶叫が響いてきた。そちらに向かいかけると女の悲鳴が寝間から洩れてきた。障子を開くと隅の板の間に女が二人、抱き合って震えている。一人は農家の嫁で、もう一人は十二、三歳の痩せた目ばかりが大きい田舎娘だった。

「案ずるな。賊は始末した」

金四郎は血糊の付いた刀を懐紙《かいし》で拭って鞘《さや》に納めた。それからまだ涙を流して打ち震えている娘に向かって、そっと声を出した。

「よう、もう泣くんじゃねえよ。助かったんだよ」

娘は顔を上げ、くすんと一つ泣いて頷いた。

おっとり刀で駆けつけてきた村役人は、川原に敷かれた筵に並べられた五つの死体を見て腰を抜かした。

「こ、これはいったい……」

目を丸くして浪人者に顔を向けたが、浪人の視線は、いつの間にか忍び寄っていた二人の旅の商人のほうに向けられていた。

「ほう、やっと姿を現わしおったな。大分長いこと穴の中で隠れておったようだがの」

「懐中のものを出して頂こう」

浪人を油断なく窺って一人が右手を差しだした。そのときになって金四郎は、商人が刀を左手に持っているのに気がついた。傷ついた藩士を介抱していた宇都宮藩の者も、川で血のついた手を洗っている久保田藩の三人の藩士も、何事かと二人の商人に目を向けている。

「これか」

浪人者はそういって延べ棒を懐中から取り出すと、それ、といっておし気もなく商人に向けて放り投げた。手にした一人が顔色を変えた。

「こ、これは。金粉をまぶしただけの棒きれではないか」

「さよう。いったいどんな魑魅魍魎《ちみもうりょう》が這い出てくるか、試してみたのじゃ」

「お、おのれ、たばかったな」

「だまれ。色狂いの将軍に忠誠を誓う呆《うつ》け者めが。大奥に費やす二十万両でどれほどの農民が救えるか、考えたことがあるか」

「上様を愚弄《ぐろう》するか」

「浪人とはいえ聞き捨てならん」

言いざま二人は抜刀した。それを見てゆっくりと刀を抜いた浪人は、二人の間合いに無造作に入っていった。

「！」

血柱が二つの胴体から噴き上がった。わっと川路が叫んで腰を下ろした。金四郎は息を呑んだ。浪人者の刀が一閃《いっせん》するところを、目にすることができずにいたからである。

向き直った浪人の顔は痛々しかった。眼窩《がんが》が窪《くぼ》み、頬の肉が一度の勝負で殺《そ》げていた。お庭番を二人も殺しては、この男はただでは済むまいと金四郎は思った。浪人者は金四郎の前にくると、懐中から財布を取り出して金四郎の手に乗せた。左肩の傷に響くほど、それはずっしりと重かった。

「いずれ、あの娘にくれてやれ」

浪人者は意外なことを口にした。あの娘？　と金四郎は呟いた。頷いて浪人は頭を振り上げた。その先の畑に痩せた娘が立っていた。

「爺さんから奪ったものだ。あいつは逃げた」

「逃げた？」

「気付かなかったか？　爺さんも野盗の一味だ」

あっと唸った金四郎の耳元に口を寄せてきた浪人が静かに囁《ささや》いた。

「一人を泣かせ一人を救う、これであいこだ」

驚いて見返した金四郎に浪人はさらに小さな、鈴の音のような声で呟いた。

「弥生《やよい》三月、背中に天女を背負った武士が一人、桜吹雪《さくらふぶき》の舞う常盤橋《ときわばし》御門をくぐっていきおった。初御目見《はつおめみ》えを受けるにしては、その後ろ姿はひどく寂し気であったぞ」

ご貴殿は一体、と息を呑む思いでいった金四郎を、浪人者は目で制してすずしい空に顔を向けた。

「その武士を、北鞘町河岸《きたさやちようがし》から見送る女がおった。男の姿が城内に消えても、女は両手を合わせ、ずっとずっと立ち尽くしておった」

「…………」

「悲しく、美しい光景であった……」

浪人が立ち去っていくのが感じられたが、金四郎は顔を上げることができなかった。嵐のように舞う桜の下で、一人佇む白糸の姿が、脳裡《のうり》に焼きついて離れることがなかったからだ。

この日のことを、おれは生涯忘れることがないかもしれない。水に濡れた桜の花弁を胸の内で映しながら、そう思っていた。

次郎吉《じろきち》参上

一

——なんとしても早急に十五両の金子《きんす》を工面せねばならぬ。

下谷茅町《したやかやちよう》の旅籠《はたご》を出た川路三左衛門は、冷ややかな朝の光に目を射《う》たれて顔を伏せた。

時刻は六ツ半（午前七時）になるところだが、隣の料理茶屋もその向こうの小間物を売る店も、まだ固く戸を閉ざしている。

歩き出しながら三左衛門はそろそろと首を伸ばした。非番とはいえ、その前夜に屋敷を空けたのは初めてのことで、後ろめたさと共にこのことが組頭に露見したらただでは済むまいと、恐れる気持ちが足を重くさせている。

——十五両……。

溜息をついて顔を東叡山《とうえいざん》の森に向けた。朝日は山の頂《いただき》近くまで昇っていて、森から突き出た寺の屋根が、鷲《わし》が翼を広げた姿で空に黒い影をくっきりと際立たせている。その上に広がる秋の空は、海面を映したような深い青さに染まっている。

不忍池の上を舞う小鳥たちは、一日の始まるのを祝うかのように騒がしい鳴き声をたてている。そよそよと吹いてくる風もツンとした冷気を含んでいて爽《さわ》やかなのだが、三左衛門の心は重く塞《ふさ》がれたままでいる。

──十五両、十五両……えーい、十五両。

覚えず唸《うな》り声をたてると、小川に沿って植わっている木に片足を上げて小便をひっかけていた野良犬が、びっくりして木の後ろに逃げ込んだ。

──犬も逃げ出す三左衛門というわけか。ふふふ……。いや、笑っている場合ではないわ。なんとしても十五両じゃ。

それほどの大金が百五十俵二十人扶持《ぶち》と薄給の勘定留役においそれと捻出《ねんしゅつ》できるはずのないことは、当の三左衛門にも痛いほどに分かっている。

役料の二十人扶持は、今は隠居の身である養父と台所を切り盛りしている妻の里子にうやうやしく差し出さねばならない。

役高の百五十俵にしても、百俵に比べればましという程度のもので勝手向《かってむき》不如《ふにょ》意《い》であることには変わりがない。文政九年度の御張紙値段《おはりがみ》（公定米価）が昨年の凶作のため、ここ数年と比べて一割高になったというものの、春、夏の借米分の金はすでに使い果たし、来月支給される冬切米七十五俵分を現金に換えたところで、三十八両ほどにしかならない。

中間《ちゅうげん》の俸給に二両一分、下女にも一両二分は払うことになる。寒くなれば炭や薪代《たきぎだい》もかかる。最も頭が痛いのは札差《ふださし》への借金で、生涯非役で過ごした義父の代からの利息が嵩《かさ》み、札差から差引勘定されると、手渡される金は三十両を割ってしまう。

これでは三左衛門の小遣いもままならない。一日銀五匁《もんめ》の手間賃で働く大工のほうがまだ懐《ふところ》が温かい。ことに寝酒は三日に一度と、切り詰められては腹の底まで冷えてくる。

——外記は貯め込んでおると聞いておるが吝《しわ》い。江川は気安いがあちこちに散財する癖があるゆえ、今頃は手元に金など残しておらんだろうな。

羽倉外記と江川英龍の顔を思い浮かべてみたが、いくら親しい仲とはいっても、理由が理由だけに借金は頼みにくい。

——まさか当の里子に無心するわけにはいかんしのう。

おまえと離縁するには十五両の金が必要だ。どうじゃ、おまえのヘソクリから貸してはくれんか、とはどうしてもいえない。最悪の場合、先に妻を離縁しておいて、年に三両ずつ、五年かけて妻の持参金を返済するという手を使うほかないのだろうが、やはり外聞を憚《はばか》る。上司の耳に入れば、出世にも影響する。

妻の気鬱《きうつ》はもはや救い難いところまできている。毎夜屋敷に帰る度に、異様な立居振るまいをする妻に迎えられては、三左衛門のほうが先に気がふれてしまう。

――十五両。十五両であのいまいましい妖怪女とおサラバすることができるのじゃ。十五両、十五両……。

とうとう妻を化け物扱いにしてしまった三左衛門は、十五両と念仏のように唱えながら、小川に沿った道を南に曲がり、料理屋や三分亭《みぶてい》の建ち並ぶ池之端仲《いけのはたなか》町《ちょう》にさしかかった。どの家も戸を閉ざし、二階の雨戸を開けている家は数えるほどしかない。

木の影が小川を越えて道にまで伸びている。三左衛門はふと人の気配を感じて目を上げた。小川にかかった橋のたもとに浪人風の着流しの侍が毅然《きぜん》として立っている。不忍池のほうに目を向けたその横顔に見覚えがあった。

——あやつは、金の延べ棒騒ぎのときの……遠山……そうじゃ、遠山金四郎と申した直参じゃ。

三左衛門はどういうわけか前のめりになってしまう身体を立て直しながら、おう、と声をかけた。

「そこもとは、十五両ではないか」

いったあとで三左衛門は胸の中に火のついた松明《たいまつ》を投げ込まれた思いがした。覚えず十五両と口に出してしまった三左衛門自身も驚いたが、いわれた金四郎のほうでもびっくりした。横を向くと白くふやけた河豚《ふぐ》のような男が、充血した眼を向けて上体を斜めに傾《かし》がせてかろうじて立っていたからである。

「これは川路殿、かような場所でお会いするとは、奇遇でござるな」

すぐ裏には下谷御数寄屋町《おすきやまち》があり、夜毎三味線《しやみせん》の音と芸妓の嬌声《きようせい》が絶えることなく響いている。あの堅物と見えた勘定方の者が、朝帰りとは珍しいものだと思って金四郎は川路を眺めている。

「いや、チト訳ありであってな。おぬしこそかようなところで何をしておられる。しかもその浪人のような風体はいかがいたした。たしか御番入《ごばんい》りしたのではなかったか」

三左衛門は好奇な目を向けている遠山に、腹の裏側を見透かされまいと、大あわてに言い放った。それだけの効果はあったようで遠山はここ二、三日剃刀《かみそり》をあてていないらしい月代《さかやき》に手をやって長身の背を少し丸めて口を歪《ゆが》めた。

「いや、御番入りなどとても……やっと小納戸役《おなんどやく》に召し出されたばかりで……」

「ふむ。それで、昨夜は閑《ひま》にまかせて化粧臭《おしろい》い女と酒を酌《く》みかわしておったと、いうわけだな」

先手をとったつもりで、三左衛門はそういって睨《にら》み上げた。遠山は五つ六つ年上のようだが、三左衛門の毒を含んだ物言いにも、目くじらをたてることなくいやいやといって首筋を叩いて照れている。

「さようなことでもあればよろしいのだが、今朝は湯漬けを食して出てきた次第で……なかなか川路殿のようなわけには参りませぬ」

「わしか、いや、わしは違うぞ。確かに昨夜は旅籠に泊まったが、白首《しらくび》など抱え込んだわけではない。妻の気鬱がひどいゆえ、やけになって屋敷を飛び出してきただけじゃ。だが、北大門町《きただいもんちょう》の赤提灯《あかぢょうちん》で町の者に混じって安酒を飲むうちに足元がおぼつかなくなりおって、ついつい家を空けてしまったというわけじゃ」

「ははあ、安酒をですか……そういえば、まだ臭いますな」

「臭うか。ふむ、それはまずい。なにせ妻の気鬱は尋常ではない。定刻どおり屋敷に戻らんと何をしでかすか分からん奴でな。昨夜などは半時（一時間）、帰りが遅れたために、出された夜食の膳にはイボ蛙《がえる》が乗せられておったのだぞ。しかも生のまま腹が切り裂かれておったのだ」

「生のままですか……それは、まずそうですな」

「たまげたわ。それで腹を立てて飛び出してきたものの、財布を忘れてな。赤提灯の親爺に払う小銭はあったが旅籠代に難渋いたした。二百文というところをなんとか、百六十文にまけさせて出てきたという訳じゃ」

いってから、何故かようなことまで弁解がましく喋《しゃべ》らなくてはならないのかと三左衛門は不審に思った。何も妻の気鬱のことなど、親しくもない者に話すことはなかったのだ。

――やはり安酒が利いておるの。

三左衛門は顔をつるりと撫でて、遠山金四郎を改めて見直した。脇差を帯に差しただけの無頼の風体は、昨今の旗本の紊乱《びんらん》ぶりを表わしているようである。

「それで、おぬしはここで何をされておった？」

気を取り直して遠山をとがめる口調で見つめた。

「あの御仁をながめていたのでござる」

遠山は、三左衛門の厳しい眼差しをさらりとかわして顎《あご》を軽く振った。小川を隔てて不忍池の緑地があり、踏み固められて平坦になっている地面に枯れ葉を盛り上げて焚き火《たび》をしている者がいる。

背を向けて佇《たたず》んでいるのは明らかに浪人者で、小袖に妙な形の袴をつけている。袴の裾は広がっておらず、筒のような感じで垂れ下がっている。むさい格好をした老人が、枝をとって煙を上げている枯葉の中を突ついている。浪人の足元には野良犬が三匹、寄り添って火を眺めている。

「あれは？」

「見覚えがござらんか。ちょうど一年前、棹金騒動で我らに一杯喰わせた御仁でござる」

「おお、あの折の！」

「もっとも、あのお方がおらなんだら、それがしの命は失《な》くなっていたことでしょう」

遠山は穏やかな表情でそういったが、三左衛門は二十間ほど離れた所で、のどかに焚き火にあたっている浪人の背中を、目を剝《む》き出して睨みつけた。結城晴朝が埋めた金の延べ棒を発見したとふれ回っていたあの浪人者に、幕府だけでなく、下総周辺の各藩までもが振り回されたものであった。

「あやつ……確か中村と申したな……あれだけの騒動を引き起こしておきながら、のうのうと江戸に住まいしておったのか」

「そのようですな」

金四郎は相槌《あいづち》を打った。川路のいっている意味は、野盗を斬り倒したことではなく、埋蔵金発見の噂を聞きつけて姿を現わした、恐らくは将軍家お庭番の二人の旅人を、あの浪人者が斬り捨ててしまったことにあると思っていた。

「それで、あやつは江戸に参って何をしておるのだ」

「さあ、それが……」

「最前おぬしはあやつを眺めておると申されておったが、それは御用向きのことでござるのか」

「いや、そうではござらん。数日前に偶然あの御仁を見かけましてな。それで後をつけてみたのです」

「後をつけた？　はて面妖《めんよう》な。何ゆえ、あのとき世話になったと声をかけられぬ」

「いや、それが……」

金四郎は首筋をさすった。川路の疑念はもっともで、こそこそと後などつけずに、やあと正面きって挨拶すればすむことである。そうしなかったのは、かつて目の当たりにした浪人者の剣技が神がかり的であったことを畏《おそ》れる思いが、金四郎の内部に重く沈んでいたからである。

どのような修練を積めばあのような剣筋を会得することができるのか。さらに一歩すすめて、尋常でない剣の遣い手が何故浪人のまま旅を続けているのか、その飄々《ひょうひょう》とした生きざまの目的となる志は奈辺《なへん》にあるのか、後をつけていれば何か探り出せるのではないかと思い立ったのだ。

それに実父でさえ知り得ない情を交わした女のことを、その頃はまるっきり赤の他人であったあの浪人者がどうして知っていたのか、それは深い謎のまま、ある種の悔恨と共に金四郎の胸に残っている。そして、それらの思いが好奇心となって、金四郎の心の動悸を速めていたのだ。

浪人者の後をつけるようになってすでに四日。家には体面上寝に帰ってはいるものの、風呂にも入らないで熱心に見張りを続ける金四郎の身体からは、なにやら異臭が漂い始めている。

その間、浪人者は根津《ねづ》の料理茶屋で女をあげて謡《うたい》をうたい、湯島天神《ゆしまてんじん》の境内《けいだい》では見世物小屋を覗《のぞ》いた後、表門から出てすぐ右手に連なる料理屋に入って、昼間から酌婦相手に酒を飲んで赤い顔をしていたのである。

鬼神に等しい剣を遣った剣客とはどうしても信じられない放逸ぶりに、金四郎のその人への疑惑はますます深まった。これまでに会ったどの撃剣家とも、一致するところがないからである。もっとも、向こうでも声こそ金四郎にかけてこないが、金四郎が首を傾げつつ男を眺めているのは承知しているはずで、川路が指摘したように、こそこそと後をつけている訳ではない。

「やや」

川路がみみずくのように目玉を押し広げて、浪人者のほうに首を伸ばした。

「いかが致した？」

「あの犬はさっきわしの……」

わしの顔を見て、小便を途中でやめてこそこそと逃げ出した野良犬ではないか、という言葉を三左衛門は呑み込んだ。そのあとで、三匹の犬が肩を並べて焚き火にあたっているのは、いかにも妙なことではないのかと眉尻を吊り上げた。

「あの犬どもは火を恐れないのかの」

「あのお方の周りでは、妙なことがたびたび起こる。それがしは昨日、東両国《ひがしりようごく》の見世物小屋から逃げ出した熊《くま》が、あの方の呼びかけに応じておとなしく戻り、それどころか小犬のようにじゃれるのを目にしたものだ」

「ま、まことか⁉」

「その前日には、乗り手を振り落として奔走《ほんそう》してきた狂馬が、あの方の前までくるとぴたりと足を止め、首をうなだれてしきりに甘えるのを目撃した」

「ま、まさか、あやつにそのような妖術が……お、犬どもが芋《いも》を食うておるな。焼き芋じゃな」

焚き火の中から焼き上がった芋を取り出した老人は、それを四つに割って三匹の犬と浪人者に等しく分け与えている。浪人者も犬も焼けた芋をほくほくと食っている。その姿はなんともほほ笑ましくて、見ている金四郎の気持ちもなごんでくる。

「う、うまそうじゃの」

川路は喉仏を動かして唇の端に吹き出た泡を拭っている。そうだ、といって金四郎はふやけた顔の川路を見据えた。

「先ほど、それがしを十五郎《じゆうごろう》と呼びかけられましたか」

そう訊くと、川路は見た目にもはっきりと両肩を弾ませ、そうではない、といって狼狽《ろうばい》した。

「金四郎、遠山金四郎殿だ。分かっておる。チト勘違いしたのだ」

「そうでしたか」

「そうじゃ。確かに妻の持参金は十五両であったが、こちらもその前に仕度金として七両渡しておる。交渉次第によっては、差額の八両で済ますことができるかもしれぬ」

「？」

「きゃっ」

三左衛門は覚えず声をあげた。焦って埒《らち》もないことを口走ってしまったと、恥じる思いに衝き上げられたとき、芋を食っている浪人者が何事かとこちらを振り向いたからである。

「………」

だが浪人者の視線は三左衛門と遠山の上を通り越した西の空に向けられている。

上体を捻って後ろを振り仰ぐと、料理屋の屋根の上に白い月が浮かんでいるのが目に入った。昨夜、中御徒町《なかおかちまち》の家を出て東に向かったとき、怒った三左衛門の目に赤々と燃える月が、東叡山の森の上にかかっているのが映ってきた。昨夜の月は右の上方が剝《は》ぎ取られていたが、半周して今朝姿を見せた白い月は、右の下方が食われたように欠けている。

「こうしてはおれん」

三左衛門は遠山を置いて、ちらほらと人が動き出した池之端仲町の料理屋の前をそそくさと歩み出した。下谷広小路《ひろこうじ》に出ると急に物音が落ちてきて、大八車の行き交うさまや物売りの姿があわただしくとび込んできた。その活力に溢《あふ》れた町人の姿は、二日酔いの三左衛門をさらに滅入らせたものだった。

川路三左衛門の姿を見送った金四郎は、横目で浪人者を窺いながら、さて、と呟《つぶや》いた。一昨日の夜は根津権現《ごんげん》脇の坂道で、昨日は湯島天神横の茶屋から出た浪人者を、わずか数間先に見ながら急に見失ってしまったのを思い出したからである。

——鬼ごっこも大《たい》がいにしないと、垢《あか》で身体が埋まってしまうぞ。

光がさらにいっぱいに射し始めた空を眺め、大きく伸びをして池のほとりに目を転じた金四郎は、そこで子供の掘った落とし穴に落ちてしまったような失墜感《しっついかん》に見舞われた。老人と、焼き芋をふはふはと食っている三匹の野良犬を残して、浪人者の姿が蒸発したようにきれいに掻き消えていたからである。

二

松平伊賀守《いがのかみ》の塀を乗り越えて、ひと気のない夜道を、月明かりが作った塀の暗い影の中に身を潜らせて走り出すと、それまで冷えていた汗がふいに熱くなった。

泥棒を働いたのは丸一年ぶりである。昨年八月、上小川町《かみおがわまち》の土屋相模守彦直《つちやさがみのかみげんちよく》の屋敷に忍び込んだが女中に見つかり、騒がれて藩士に取り押さえられ、奉行所に突き出された。それ以来身を潜めていたのである。

もっとも、入牢中は仕事にはかかれず、出牢後もひどい湿瘡《しつそう》に悩まされて、二ヶ月ほどはまったく身動きができず、盗みどころではなかった。

湿瘡は小伝馬町《こでんまちよう》の牢でもらってきたもので、総身に水疱《すいほう》ができ、それが帯状となって膿《うみ》を持ち、激しい痒《かゆ》みに襲われ、夜は眠ることもできなかった。

女房のカツは、巣鴨《すがも》の瘡守稲荷《かさもりいなり》にまで参詣に出掛けていったが、次郎吉の気は鎮まらない。すると誰から聞きこんできたのかカツは、狐肉を食えば治るそうだと言いだしたので、狐にいくら祈ったところで治りゃしねえと次郎吉は吠え、そんなことより皮膚の中に棲《す》みついた虫を殺すには毒薬を塗るしかねえ、とカツの尻を叩いて医者巡りをさせた。

はじめは忍冬《すいかずら》の薬湯を全身に掛けていたが痒みは一向におさまらず、かえって陰部にまで瘡《かさ》が広がる始末。このまま痒みにうなされて地獄に落ちるのじゃねえかと自分でも覚悟をきめ始めた頃、カツが見つけてきた薬が奇跡的に効いた。粉薬を酒で溶いて、朝、昼、晩と刷毛《はけ》で全身に塗るのだが、熱が出るため痒みにもそれほど苦しめられることなく、二十日間ほどで水疱も膿も消えた。

だが、考えようによっちゃあ、湿瘡に苦しめられたくらいで済んだのは、運の強い証《あかし》といえる。

吟味《ぎんみ》を受けた町奉行からは盗みの余罪を厳しく追及されたが、次郎吉は手なさみはしたが盗みに入ったことはないと言い張って、賭博《とばく》の罰だけを受けた。最後に入った土屋相模守の屋敷で、何も盗まないうちに捕まったのが幸いした。入墨《いれずみ》を入れられ、中追放を奉行から宣言されたが、それまでにやった二十八ヶ所、三十三回に及ぶ盗みがバレたら獄門打首《ごくもんうちくび》は当然のことだった。

一年ぶりの盗みは、じっくり狙いをつけた上に、内《なか》の様子も調べておいたから首尾は上々だった。収穫は中包が二つに小包が三つ。包みの大きさどおりに小判が詰まっていれば百三十両になる。

湯島六丁目の裏店《うらだな》まで戻ってきて、そこで用心深く闇の底に身を沈めてあたりの様子を窺った。

時刻は九ツ半（午前一時）で月を雲が隠し、鼻先を舐《な》められても分からないほどの漆黒《しっこく》の闇が支配している。犬も眠り、明かりの色が見える部屋もない。次郎吉の部屋も明かりが消えている。女房のカツには、軽く遊んでくるので先に休んでいろと出掛けに伝えてある。次郎吉の本業など、カツは勿論《もちろん》知らない。博奕《ばくち》で捕まる前は町方の鳶人足《とびにんそく》をしていたのだが、中追放になった今も、昔の仲間のツテで仕事をしていると思い込んでいる。

息を整えてから次郎吉はそろりと闇の底から立ち上がった。木戸は閉まっているが、裏店の木戸を乗り越えるのは造作もない。

音を消して飛び降り、部屋の前まで忍び足でいってそっと戸を開いた。自分の家なのだから音をたててもよさそうなものだが、久しぶりの仕事《つとめ》だったので気が高ぶっている。

その分用心しようという神経が働いて、隣の部屋の住人にも物音を聞かれまいと、土間に入ってもまだ五感を研《と》ぎ澄ましたままでいた。

戸を閉め心張棒《しんばりぼう》をかけ、瓶《かめ》に入った水を柄杓《ひしゃく》にすくって飲むとやっと人心地がついた。

草鞋《わらじ》を脱ぎ、足の泥を手で払って上がり框《かまち》から膝で這《は》って部屋に上がり、行灯《あんどん》を手さぐりで引き寄せて石を打った。

火が灯るとぼうっと部屋の中が明るくなった。その明かりの中に鋭い目をした男の顔が浮き上がってきた。

「わっ！」

思わず次郎吉は声をあげて尻餅《しりもち》をついた。心の臓が、烏天狗《からすてんぐ》に鷲摑《わしづか》みにされたほどにぐちゃぐちゃになっている。

「次郎吉だな」

「だ、誰でえ、おめえは」

「お仕事《つとめ》、大儀であった」

「だ、だ、誰なんだよ」

「火附盗賊 改 方《ひつけとうぞくあらためかた》、長谷川平蔵《はせがわへいぞう》である」

「わっ！」

次郎吉は腰を抜かしたまま平伏した。噴き出した汗がいっぺんに凍りついた。ぬっ、と侍の腕が伸びてきて、凍《い》てついている次郎吉の懐中を探った。ごろん、と音がして五つの包みが古畳に転がった。もうおしまいだと次郎吉は思った。だが動けない。

「百三十両か。ボチボチじゃな。千八百石の旗本とはいえ暮れを前に百三十両も盗まれては所帯が苦しくなるであろう」

長谷川平蔵と名乗った侍は、小判の詰まった中包を掌に乗せて重さを計っていった。畳に這いつくばっている次郎吉は、もう生きた心地がしていない。火盗改めの鬼の平蔵は野心家で残忍なことを好む男である。しかも盗《ぬす》っ人《と》を捕らえれば、吟味なしで叩っ斬ることができる。次郎吉は自分の身体がおこりにでもかかったようにガタガタと震えているのを感じた。首はもう胴体から斬り離されていると思えるくらい冷たくなっている。

その首筋に鋭利なものが当てられた。刀身だ、と知ったとき目の前がまっ暗になった。同時に気が薄れた。

「十日前に、伊賀守の屋敷を、庭師に化けて下見しておったの」

「へ」

見張られていたのだと次郎吉は胸の内で叫んだ。首筋に当てられた抜身がさらに重く冷たさを増してくる。

「菊坂町《きくさかちょう》の松平伊賀守の屋敷はここから目と鼻の先じゃ。かような近くの屋敷を、しかも月夜の晩に忍び込むとは大胆な奴じゃな」

「……」

「なんとかいえ」

「へ」

「この盗っ人めが。これまでにも何十もの商家や旗本屋敷の天井裏を、鼠《ねずみ》のごとく徘徊《はいかい》したのであろう。町奉行の筒井《つつい》政憲《まさのり》は騙《だま》せても、わしの目はくらませんぞ」

「恐れいりましてございます」

「盗みに入った屋敷の数はいくつじゃ」

「二十と九ヶ所でございます」

「盗んだ金高はいかほどになる」

「ざっと四千両でございます」

「おぬし、いつの生まれじゃ」

「寛政七年（一七九五年）五月、大坂町に生まれましてございます」

「すると享年《きようねん》三十二ということになるな」

「………」

「悲しいか」

「へ……」

「さみしいか……」

「……へ……」

「もう女子を抱くことも、博奕をすることもできぬな。女房と末期の盃を交わすことも叶《かな》わぬな」

　おカツと、次郎吉は喚いた。だが、刀身が首に当てられているので顔を上げることができない。悔しさと共に寂寥感《せきりようかん》が胸を衝き上げてきた。この世を去るさみしさは、次郎吉の目に青い涙を促した。

　おれはもう死ぬのだ。鬼平に首を打たれて死んでしまうのだ。

「おカツは、女房は、どうなりますんで……」

「あの女はなかなか上等の女子じゃ。肌もなめらかで、腰の肉もしっかりしておる。耳の感じやすい女は床上手《とこじようず》という。わしが面倒を看《み》る。おまえは心置きなく成仏せい」

「おカツはどこにおりますんで……。耳……耳が感じやすいといわれましたか……そいつはいってえ……」

「おまえは親から勘当されておる。久離《きゅうり》、帳外されておる者の父母は、係累されることはない。おまえを見限った親父は、よほど子を見る目があったとみえる」

「お、おカツはどうなってしまうので、面倒を看て下さるとはどういうことなので……」

隣の部屋で眠っているはずの女房は、鬼平の手の内にあるらしいと知って次郎吉の胸には新たな不安が生じた。裸にされたおカツが、役人から責められている絵が脳裡《のうり》に浮かび息が詰まった。

「何をあわてておる。女房とはいっても、所詮《しょせん》は根津権現裏の怪しげな小料理屋の酌取女《しゃくとりおんな》ではないか。あの女がどこでのたれ死にしようが、異国に売られて淫売に身を落とそうが、盗っ人のおまえが気をもむことではなかろう」

「お、お慈悲を……お願いでございます……お慈悲をたまわりますよう……あいつには、何の罪科《つみとが》もございません。是非お慈悲を……」

次郎吉の目から溢れ出した水滴が、畳にぽたりと落ちた。男に転がされて育ってきたやつだったが、心のやさしい女だった。店主に十両出してカツを貰い受けたときは、シクシクと一晩中嬉し泣きをしていたほどの心の細やかな女なのだ。

「は、長谷川さま、どうぞおカツにお慈悲をたまわりますよう……どうぞ……」

「うむ。その態度、殊勝《しゅしょう》である」

「……どうぞ……お願い……」

「ところで、盗んだ四千両はどこに隠してある」

「……」

「全部使ってしまったわけではあるまい。金はどこに隠してあるのじゃ」

「そ、それが、もうほとんど残ってねえんで……」

「この期《ご》に及んで嘘をつくとは、女房がどうなってもよいのじゃな」

「ほ、本当なんで。もう十両も残ってねえんで。寝間の押入れの大工道具箱の中に、隠してあるのが全てなんで……」

「みな博奕に使ってしまったと申すのか」

「へえ……それにこの夏はひどい湿瘡にやられて、薬代が嵩《かさ》みやしたんで……」

「仕方ない。おまえの金をあてにするのはやめにしよう。わしはこれでもあきらめのよいほうなのじゃ」

「……へい……」

「次郎吉、生きたいか」

「へい」

「生きてもう一度女房と、せっくす、したいか」

「へ？」

「次郎吉、面《おもて》を上げろ」

その声と共に、首筋に当てられていた刀身がはずされた。とたんに全身に血が通いだした。上体をそろそろと持ち上げると、きりきりと身体が痛んだ。嬉しい痛みだった。

「おまえを助けてやる」

「ほ、ほんとうでごぜえやすか」

「本当じゃ。ただし、一つ条件がある」

侍は濃い眉毛の下の双眸《そうぼう》から強い光を放って次郎吉をひたと見つめた。だが威圧感よりも吸い込まれていくような陶酔感に包まれた。痩せた面長の顔には血生臭さはなく気品さえ感じられる。噂に聞いた鬼平は色黒で鼻が大きく、剝き出した目玉は達磨《だるま》のようだということだったが、目の当たりにした鬼平は、どうかすると近頃人気の海老蔵《えびぞう》のような色気が漂う。

「林肥後守《はやしひごのかみ》の屋敷に忍び込み、一枚の書き付けを盗んでくるのじゃ」

侍は穏やかな声でいった。目に潜む強い輝きは変わらないが、その奥に微笑が隠されているように見受けられる。

「林肥後守様と申されますと？」

引き込まれて次郎吉は訊き返した。

「若年寄《わかどしより》林肥後守忠英《ただふさ》じゃ」

「げっ！」

「大仰《おおぎよう》な声をたてるな。大名屋敷に忍び込むのは初めてではなかろう」

「し、しかし、若年寄の上屋敷といえば大名小路《だいみようこうじ》、お堀の石垣はとても乗り越えられません」

「日のあるうちに、呉服橋門《ごふくばしもん》から堂々と入ればよい。そして、暗くなるまで潜んでおれ」

「ど、どこにでございますか」

「北町奉行榊原忠之《さかきばらただゆき》の屋敷にじゃ」

「げっ！」

「いちいち驚くな。こんなことで肝を潰《つぶ》しておっては命は、もたぬぞ」

「へ」

「榊原主計頭《かずえのかみ》の裏の塀を、乗り越えれば林忠英の屋敷じゃ。おまえはさらに長《なが》局《つぼね》の塀を乗り越え、忠英の寝所に忍び込むのじゃ」

「寝所に、でございますか」

「うむ。そしてな、戸棚の中を引っ掻き回して図面のようなものを見つけたら、それを持って帰ってくるのだ。それだけでよい」

「もし殿様が目を覚ましたら、あっしは御侍衆にやられてしまいますぜ」

「いやならわしがここで殺《や》る」

「へ……恐れいりましてございます」

「なに、案ずることはない。長局には表方の役人も侍衆も詰めてはおらん。それに林肥後守は、カミさんを失くして今は独り身だ」

「カミさんを……へえ、そうなんで……」

「それで夜な夜な駕籠《かご》を仕立て、怒《いき》り立った一物《いちもつ》を抱いて、浜町《はまちよう》川岸《がし》の中屋敷に置いた妾の元へ通っておるというわけじゃ」

「一物を……へえ」

「一物といっても筋立てても二寸五分の短小、満たされぬ妾は肥後守が帰ったあとで張り形を取り出して自らをなぐさめておる」

侍はそういって、自分の言葉に納得したように頷《うなず》いた。少し落ちつきを取り戻した次郎吉は上屋敷の金蔵の場所を頭の中に思い描いた。若年寄ともなれば金銀絹の進物《しんもつ》にこと欠かないはずだった。

「こりゃ鼠」

「へ！」

「この度は小判を持ち出すことは相ならん」

「へ……恐れいります」

侍の眼光が白く光って次郎吉の胸を貫いてきた。さすが鬼平、他人の気持ちまで読んじまいやがる、おっかねえ奴だと再び冷汗をかいた。

「だが、この一件が首尾よくいった暁《あかつき》には、何をどうしようがおまえの勝手だ」

「えっ？」

盗賊改めの親玉の言葉とも思われない。恐縮しながら次郎吉は、上目遣いに侍を見つめた。

「林肥後守は昨年までは七千石の旗本であった。老中水野忠成《ただあきら》に取り入り、三千石加増となって、下総に館を建てて大名に成り上がった奴じゃ。今では忠成の家老土方縫殿介《ひじかたぬいのすけ》とつるんで賄賂《わいろ》取りに精出しておる。蔵には千両箱が積まれておるぞ。遠慮なく持ち出せ」

「へい」

「ただし……分かっとるな」

「この一件が終わったあとに、へえ」

鬼平の頬に微笑が浮いた。ふいにそこから、季節はずれの春風が吹いてきたように次郎吉には感じられた。これを、といって侍は小包の小判を三つ、次郎吉の前にすべらせてきた。

「おまえの仕度金じゃ。受け取れ」

「へえ。ありがとうございます」

妙な思いで受け取り、懐に納めた。

「では明日の夜、湯島聖堂脇の料理屋『五十鈴《いすず》』で待っておる。しっかりとお仕事《つとめ》をしてこられよ」

侍はそういって立ち上がった。見上げるような長身だった。ちょっと、と次郎吉はいって顔を斜めに捻り上げた。侍の頬骨が次郎吉を見下ろしていた。

「女房は、ほんとうに無事なんでござんしょうね」

「さる処《ところ》に預かっておる。安心せい。図面が入り次第帰してやるわ」

「それで、その図面というのはいってえ何の図面なんで……」

「埋蔵金じゃ」

「……え」

「武田信玄が死ぬ前に、埋めて隠した埋蔵金のありかを示してある」

侍の影が動いた。心張棒がはずされる音を耳にしたときには、その姿はもう土間口の外に消えていた。

冷たい風が吹き込んできて、次郎吉の胸をすくった。じっとりと浮いた汗に、晩秋の夜風が気持ちよかった。

次郎吉は立って土間に降り、開け放たれたままになっている戸を閉めようと手をかけた。ふと気になり外を覗いた。月明かりが裏店のはめ板を照らし、水溜まりが月光を白く弾き返した。

そのとき、次郎吉は、うっ、と呻《うめ》いた。思わず土間にへたり込み、はあはあと荒い息を吐いた。それから土間を叩き、くそっと唾を吐いた。自分の馬鹿さ加減に腹が立った。

鬼平こと長谷川平蔵は、もう十年以上前に死んでいる。いってみれば盗賊の間ではすでに伝説の人なのだ。

侍の出現にアワを食い、そんなことも思い出せずにいた自分が情けなかった。

三

暗い行灯部屋に、金四郎は黙然《もくねん》と坐って聞き耳をたてている。御用の向きがあると料理屋の主人に断ってあるものの、黴臭《かびくさ》い湿った部屋で息を殺して盗み聞きをするのは、あまり居心地のよいものではない。

浪人者の後をつけて、湯島聖堂表門脇の料理屋に入ったのだが、相手は金四郎がいつもどおり外で見張っていると思っているのだろう。仲居相手に軽口を叩いているのを聞いていると、川路三左衛門のいう、元肥前藩士の田舎侍とは思えないほどの冗談が飛び出してきて、仲居だけでなく、盗み聞きをしている金四郎までもが吹き出しそうになってくる。茶屋遊びに慣れているようなのだが、粗末な着物を身につけている浪人に、それだけの金がどのようにして捻出できるのだろう疑問に思っていると、待ち人が来て二人は人払いをして小声で話し始めた。後から来た者は町人で、話の様子からどこぞの屋敷に忍び込んで、何かの捜し物をしてきたらしいと察しがついた。

——上屋敷にもなく、中屋敷にもないとなれば、下屋敷を探るほかないようだの。

——へえ。それで本所の菊川町《きくかわちょう》二丁目にある下屋敷にも、ちょいといって見てきたんですがね、あそこはまるで大奥で、女どもがウヨウヨしているんでさ。囲っている妾も一人や二人じゃありませんぜ。

——すると何じゃな、林の奴め、一晩のうちにあちこちの寝所をうろつく腹づもりじゃな。将軍が絶倫なら、若年寄もさかりのついた犬並みだの。

——ですが旦那、女中どもは各寝間の隣で不寝番をしておりやす。たとえ首尾よく侵入しても、図面を探し出すまでに見咎《みとが》められ、騒がれでもしたらお終《しま》いですぜ。

うーむ、と金四郎は唸った。こいつらは若年寄林肥後守の下屋敷に侵入するつもりなのだ。屋敷の広さは比ぶべくもないが、遠山の本家の下屋敷は林家下屋敷の向かいにある。

——女どもの気を何かに引きつけることが肝要じゃな。

——へえ。いっそ祭りみてえに派手にやって頂ければ、こちとらも仕事がやりやすいというもので。

——今度は千両箱を盗むつもりか。

——め、滅相もねえ。

——分かっておる。中屋敷から八百二十両と、ギヤマンの器を盗んできたであろう。

——恐れいります。ですが一度目はちゃんと図面だけを盗むために侵入したんですぜ。

——よい、よい。実は半分の四百十両はわしが失敬したからの。

——げっ。

——わしはいずれことを起こすときに使うつもりで、それらの金はとある寺に預けてある。寺の和尚《おしよう》は低い利息で農民や商人に貸し出しておる。な次郎吉よ、おぬしもいずれは獄門台にかかる身じゃ、盗んだ金の半分はどこぞに預けて、貧乏人のための講を起こす資金に用立てたらどうじゃ、博奕に使ってやくざどもを太らせるばかりが能ではあるまい。

――獄門台にかかる前に、あっしは足を洗うつもりでおりますんですがね。

――アハハ、それは無理だ。

――無理ですかね。

――無理だ。おまえは盗みを働くために生まれてきた男だ。いわば盗みはおまえの天職だ。絵を能《よ》くする者、謡《うたい》をする者と天から授かった才能は色々とあるが、おまえの場合はたまたまそれが、役人から追われる盗みの芸であったという訳でな。捕まって首を刎《は》ねられるまで止むことはない。

――んならしょうがねえ、いっそのこと旦那がおっしゃるように、貧乏人を救うために金持ちから金を盗む義賊に転向しましょうかね。

――それがいい。だが、旗本大名からはいくら盗んでもよいが、商人から盗んでは駄目だ。

――何故ですか。悪徳商人もおりますぜ。

――悪徳でも商人は身を粉《こ》にして働いておる。それに商人は金を盗まれたら全てを失ってしまうが、旗本大名は役にも立たぬくせに、知行地から米が決まって入ってくる。全てを失うということがない。

――なるほど。こいつあ大義名分が立つってもんだ。で、旦那は埋蔵金を掘り当てたら何にお使いになるんで。将軍様に弓でも引こうって寸法ですかい。

——弓など引かずとも、徳川幕府なぞじきに潰れる。

——ま、まさか。

——本当じゃ。異国船打ち払い令などという思い上がった法令を出しおったが、もし一発でも大砲を異国船に向けて打ち放ったら、この国は終いじゃ。

——ど、どうしてでやんすか。

——異国船はそれを待っているからじゃ。撃たれたら報復として千代田城《ちよだじょう》に和筒より何十倍もの威力のある砲弾を浴びせるであろう。そのときこの国は焦土と化す。

——ふーん。異国船なんぞ槍で突けば一発で沈むと思っていたんですが、そんなに強いんで。

——話にならん。わしは若い頃あめりかという国に二年ばかり住んだことがあっての、その国の凄さに、かるちゃあしょっく、を受けたことがあった。

——?

……?（金四郎）

——まあよい。二本差しがふんぞり返っている国など、滅びようとどうなろうと、わしの知ったことではないからの。

――で、旦那は大金を得てどうなさろうというので。

――わしか？　ハハ、ま、いずれ獄門台に上るおまえだからいってしまおうか。わしはな、この国を乗っ取った異人から、百姓商人つきでこの国を買い取る算段なのじゃ。侍はいらんがの。

――そ、そいつはまたとほうもねえ夢のようなお話で……。

――それにはまず、埋蔵金のあり場所を示した図面を手に入れることじゃ。

――ですが、本当に林肥後守がその図面を持っているんですかい？

――持っておる。甲府勤番《こうふきんばん》の者から林が強引に奪い取ったのだ。ところで女中どもの気を引きつける方法だがな、屋敷に火をつけるというのはどうであろう。

――そんなことしたら、定火消しが乗り込んできて余計混乱しますぜ。

――では、林の屋敷にいる侍どもを庭におびき出して、二、三人叩っ斬るか。女は血を見るのが好きなようだからな。

――よして下せえよ。もそっと穏便に、たとえば喧嘩の見世物とか、そんな具合にならねえんですかい？

――喧嘩か。うん、そうじゃ、一人軍鶏《しゃも》のように喧嘩っ早いのがいたな。勝小吉と申してな、四十一石の貧乏御家人だ。十両もやれば、誰彼かまわず喧嘩を吹っかけるであろうて。

——御家人ねえ。できればお侍様の夫婦喧嘩なんてのがあれば、女どもは大喜びするんですがねえ。

——夫婦喧嘩？　おおそうじゃ、手頃なのが一組おるぞ、うん、まさにうってつけじゃ。

——もしもし、ご免下さい。

——おうおカツかい、入りなよ。

——お邪魔でなかったですか。いえね、店の主人がそろそろお話もお済みじゃないかというもんですから……。

——ちょうどよかった。いま済んだとこだ。ねえ旦那。

——うむ。おカツさんの美しい顔を見ながら、一杯やりたいと願っていたところだ。

——いやですねえ旦那、こんなおばあちゃんをからかっちゃ。いますぐ熱いのをつけますからね。待っていておくんなさいましな。

……ごくっ。（金四郎）

「痛いっ！」

川路三左衛門は思わず声を荒げた。年老いた家士の指の爪先が、傷口に直接触れたのである。

「や、これは粗相を致しました」

「もそっと静かにやれ。それに額の腫《は》れているところは、薬を塗る前に冷たい手拭いで冷やせ」

「は、ただ今御用意仕《つかまつ》ります」

家士は背中を丸め、おぼつかない足取りで廊下を去っていく。その後ろ姿を見送りながら、一体昨夜はどうしたことだ、誰がわしを呼びだしたのだ、と今朝から何回となく思ったことを胸の内からもう一度取り出して、三左衛門は腹を立てた。

火急の呼び出しにて、ただちに若年寄林肥後守様の下屋敷まで参られたし、と知らせを受けたのが五ツ半（午後九時）。ちょうど帰宅して間もない頃であり、三左衛門は夜食もそこそこに屋敷を出て両国橋を渡り、竪川《たてかわ》沿いを南に下って三ッ目橋先の筋を西に曲がり、肥後守の下屋敷の前まで出た。

訪《おとな》いをいれようと暗い門前に佇むと、脇の通用門が開いていきなり中に引きずり込まれた。すると御女中らしい妙齢の美しい女が立っていて、お待ち申し上げておりましたといって三左衛門の手を取った。

促されるままに長屋のほうへ行くと、やいやい、こら、と怒鳴る小さな侍が出てきた。なんじゃこやつはと訝《いぶか》っていると、おれの女をどうする気だ、と叫んでそいつはいきなりぽかりと三左衛門を殴ってきた。背が小さいので殴りかかってくる度にそいつは跳び上がるのだが、それが無闇に早い。

こらやめい、おぬしはなんじゃといって防いでいると背後から「あなた」と呼ぶ者がいる。振り返って三左衛門は仰天《ぎょうてん》した。そこに夜目にも鮮やかに青筋を立てた妻の里子が、下女を従えて佇んでいたからである。

「あなたはやはりわたしを欺《あざむ》いていたのですね。えーい、くやしや」

叫ぶなり里子は、手にした懐刀を振りかざして打ち込んできた。あわててはたき落とすと、今度は爪をたててきた。まるでそのときのために研ぎすましたような鋭さであった。そのあい間にも小男は殴りかかってくる。下女も妻に加勢をする。しかも声をあげるものだから何事かと屋敷の者たちがぞろぞろと出てくる。逃げ出すと誰とも分からない者が暗がりからとび出してきて足をからめてきた。

それでまた騒ぎは振り出しに戻るというふうでおよそ半時ほどの間に三左衛門の着物は泥にまみれ、髷《まげ》は乱れ、顔中引っ掻き傷だらけとなった。

騒ぎの終い頃に、遠山金四郎が駆けつけてきてくれてなんとか取りなしてくれたのだが、その騒ぎのために三左衛門の評価は一気に下落した。若年寄の下屋敷で騒動を引き起こしたのだから当然である。

明日にもその沙汰《さた》が下るだろうと思うと、顔の痛みより心の痛手のほうが大きくなる。まずは減俸、悪ければお役ご免だな、と呟きながら眉の横の傷に唾をつけていると、下僕が庭の隅に現われて「遠山様がおいでになりました」という。

顔を上げると、枝折戸《しおりど》を押して確かに遠山金四郎が庭に入ってきた。朝の光の中でその顔は晴れやかに輝いている。

「昨夜は大変な目にお遭いになられましたな」

遠山はそういって眩《まぶ》し気に三左衛門を見た。それから懐中から懐紙に包んだものを取り出して、縁側に置いた。

「あれは一体何だったのだ。今もって拙者には何が何だかさっぱり分かり申さん。ん、何だ、その包みは」

「今朝早く、ご貴殿にこれを手渡して頂きたいといって、使いの者がそれがしの役宅まで届けて参ったものです」

「使い？　使いとは誰の使いじゃ」

「さあ、それがしにも分かりません。とにかく届けましたぞ」

それだけいうと遠山はあっさりと背を向けた。待てという間もなく、枝折戸の向こうに消えていく。仕方なく包みを開いた三左衛門は、中から現われた小判を数えてうむむと唸った。それから懐紙の隅に目をとめて首を傾《かし》げた。

小判は全部で十八枚あった。開かれた懐紙には墨で滲《にじ》んだ文字で「さんりょうはおまけ」と書かれていて、その下にある字は、ねずみ、と読めた。

顔を上げた三左衛門は西空に浮いた半欠けの白い月を、口をぼっと開いて、しばらくの間ぼんやり眺めていた。

開眼弥九郎《やくろう》

一

「卒爾《そつじ》ながら、チトお尋ねしたい儀がござる」

そう声をかけてくる者があって、斎藤《さいとう》弥九郎は足を止めた。

遠州相良《さがら》の川上の宿場にさしかかる辻《つじ》である。そこは、良水の湧き出る井戸があり、馬も旅人も一緒になって休息している。

声をかけてきた武士は、両肌《もろはだ》ぬぎになって汗を拭っている飛脚《ひきゃく》と、裸の尻を掌でしきりに叩いている馬方《うまかた》の間から、霞《かすみ》のようにゆらりと漂い出てきた観があった。

その気合いの籠《こ》もらない現われように、弥九郎は覚えず身体のたがをはずされてしまったような脱力感を自らに感じた。

「ご貴殿《きでん》は最前、正覚寺《しょうがくじ》門前の茶屋で草餅《くさもち》を食しておられたとお見うけ致したのだが、どうであろう」

「いかにも」

弥九郎は相手の風体を見直しながら憮然《ぶぜん》と答えた。どうであろう、と唐突に訊《き》かれても、何がどうなのか見当のつけようがない。

「それでいかがでござるか」

相手は姓名を名のろうともせずに、日焼けした面長の顔を近づけてきてさらにそう訊いてきた。

「何がでござるか」

無礼な奴だと思っていたが、相手の出方が何やらとらえどころがないので仕方なく応じた。

「草餅でござるよ」

「草餅がいかが致したというのですかな」

「変わった味はせなんだか？」

「別に。格別うまくもなく、まずくもなかったが」

「腹痛とか、腹が急に下るということもござらなんだか？」

「さようなことは一向にござらん」

ふむ、と呟《つぶや》いた相手は、視線をはずさずに物珍し気に弥九郎の目の内を覗《のぞ》き込んでいる。相手は武士といっても浪人者で、今年二十九歳になる弥九郎よりよほど年をとっている。だが空を映しとった水色の目の奥には不思議な雅《みや》びを宿していて、妙なことに弥九郎は、生まれ故郷の越中氷見郡仏生寺村《えっちゅうひみぐんぶっしょうじ》で一度だけ見たことのある、京の公家の少女の瞳を思い起こしていた。

「どうであろう、ひとつ、この草餅を食してもらえんかの」

浪人者は顔に微笑《ほほえ》みを浮かべると、懐《ふところ》からハナ紙に包んだ草餅を一つ取り出して、弥九郎の目の前に突き出してきた。

「何ゆえでござるか」

「チト解《げ》せぬことがあっての。口にするのはためらわれたからじゃ」

「せ、拙者に毒味をせよといわれるのか！」

「さよう。ご貴殿は頑丈《がんじょう》そうな胃袋をお持ちのようだからの」

浪人者は白い歯を見せて笑った。弥九郎は肩に担いだ荷を下ろして、相手を睨《にら》み据えた。荷の中には無銘の刀が四本入っている。手拭いを頭から被り、半袴を穿《は》き黒足袋《くろたび》に草鞋《わらじ》をつけたいで立ちは刀売りそのものだろうが、弥九郎には江戸で有名な神道無念流「撃剣館《げきけんかん》」の師範代を長く務めたという誇りがある。しかも、師の岡田十松《おかだじゅうまつ》が六年前の文政三年（一八二〇年）に死んでからは、二代目十松に替わって道場の経営にもたずさわり、それまで以上に道場を賑わせたという実績も持っている。

どこの馬の骨とも知れぬ浪人者に、刀売り風情がと見下ろされるいわれはない。しかも、この扮装は、伊豆韮山《いずにらやま》代官、江川太郎左衛門に内々に命じられて、相良から掛川《かけがわ》、さらに藤沢一帯の民情視察のために身をやつしたものなのである。

「どのような意趣があってそのようなことを申し出されたのかは存ぜぬが、お戯《たわむ》れはおやめ下され」

弥九郎は心を抑えて、静かに言葉を返した。井戸の周りで休んでいる旅の者たちが、妙な顔でこちらのほうを眺め出したからである。目立つことは弥九郎の本意ではない。

「戯れではない。じつはな……」

浪人者はそういって弥九郎の肩を人差指で引っかけて自分のほうに寄せた。着ている木綿の小袖から、埃と野草の臭いが漂ってくる。

「それがしもつい先ほどあの茶屋に立ち寄ったのじゃ。だが出された茶に異な臭いが混じっておってな、飲まずにおいたのだ。そのとき一緒に出されたこの草餅も怪し気に思えてきてな、食わずに持って出てきた。それで誰か強者《つわもの》があの茶屋に入りはせぬかとチラチラと眺めておったらご貴殿がやってきたと、こういうわけじゃ」

浪人者は声をひそめてそういったが、顔は朗《ほが》らかである。明るい表情でいわれることでは無論ない。

「無礼でござろう。浪々の身なれど拙者とて武士。何ゆえ毒味の真似事などせねばならんのだ」

さすがに弥九郎は憤然と言い返した。すると、一寸ほど高い所にある相手の目が、さらに柔和になって弥九郎を包んできた。

「それがしとて天下の素浪人。なれど命はおしい。ご貴殿と間違われて三途《さんず》の河《かわ》を渡らされてはかなわんからの」

「拙者と間違われる？　三途の河？　それはどういうことでござるか」

弥九郎は背筋に冷んやりとしたものを感じながら、浪人者を強く見返した。相手は弥九郎の刃のような視線を、くにゃりとした笑みで受け流した。

「存じておる。刀売りに身をやつしておられるが、ご貴殿は代官の手の者か、大《おお》目付《めつけ》の密命を帯びたお方でござろう」

「……」

「年貢の取り立てが厳しく、このあたりの百姓は不満が渦巻いている。代官が己の栄進栄達のために、百姓が荒地を開墾《かいこん》して得た収穫まで横暴にも盗《と》っていってしまうからじゃ。天領の民でいるより、今一度、相良藩の知行地に繰り入れられたいと願う村人が多いというのも、無理からぬことじゃ」

「……」

「ご貴殿は、村々を回って不穏な動きがないかどうか探るのが役目なのであろう」

「……」

「つまり、おぬしは隠密だ。すぱい、じゃ」

「……、……？」

「そこでこの草餅が重要になってくる。ご貴殿の立ち入りを喜ばぬ者にとっては、おぬしを亡きものにするのが、一番たやすいことじゃからな」

「せ、拙者はそのような者ではない。幕府に仕える者でもなければ陪臣でもない。眼鏡違いをいたすな」

「さよか。ともあれこの草餅を食していただこうか。なにせ相良藩といえば毒薬作りが得意だからの。先代の藩主田沼意次《たぬまおきつぐ》は家治《いえはる》が世子、家基君《いえもとぎみ》を、放鷹《ほうよう》の折に毒殺したほどの悪党じゃったからな。隠密一人を葬《ほうむ》り去ることなど何ともないわい」

「め、めったなことをいうものではない」

弥九郎はどっと汗をかいた。浪人者の声が大きくなり、井戸の周りで汗を拭っていた旅芸人や六部《ろくぶ》の者たちが、なんだなんだといって横歩きに二人のほうへにじり寄ってきたからである。

「と、ともあれ、拙者は今一度あの茶屋に戻って様子を探って参る」

弥九郎はいささか狼狽《ろうばい》してその場を立ち去った。

田沼意次が、英邁《えいまい》の誉《ほま》れ高い家基君を十七歳で毒殺したというのは、紛れもない事実として府内に残っている。意次はその翌々年の天明《てんめい》元年（一七八一年）閏《うるう》五月、一橋治済《ひとつばしはるさだ》公の長男豊千代《とよちよ》君を、将軍家治公の世子に迎える工作に成功した。その豊千代君は現十一代将軍家斉《いえなり》公となられたのだが、謹厳な松平定信《さだのぶ》が退場し、その後を継いだ剛直な松平信明《のぶあきら》が、文化十四年に老中を辞任すると急に羽根を伸ばしだし、文政九年の今日では側妾三十二名、そのうち十数名の側妾の腹から子が生まれ、その数およそ五十人と、弥九郎の師匠格である江川太郎左衛門さえ正確な数が分からないところまで行ってしまっているという。

弥九郎は、背後に自分を見つめる旅芸人や行商人、それら町人に混じって正体不明の浪人の目があることを意識しながら、二丁ほど下ったところにある正覚寺門前の茶屋へと急いだ。

江戸に戻れば九段《くだん》の俎橋《まないたばし》に新しく建つ「練兵館《れんぺいかん》」の道場主となる身であり、それを機に、十五歳のときより仕えた旗本野瀬祐之丞《のせゆうのじょう》の用人堀和兵衛《ほりわへえ》の娘と祝宴をあげる手筈になっている。だがそのことに思いをはせる余裕は、今の弥九郎からは失せていた。隠密方である自分を白状してしまったも同然な振る舞いに対して、「なんたる呆《うつ》け者だ」とののしりながら、激しい呵責《かしゃく》の念にかられていたからである。

二

茶屋の主《あるじ》は、再びやってきた弥九郎を見ておやという表情をしていたが、草餅があまりにうまかったのでまた食しに参ったというと、古びた土鍋のような顔を前後に振って歓待の意を表わした。

床几《しょうぎ》に腰を下ろして、あまりうまくもない草餅を口に運びながら主に話を聞くと、色々なことが分かった。

相良から信州まで続いている秋葉《あきは》街道は、別名塩の道と呼ばれていることや、茶屋から相良に下ったところにある正林寺《しょうりんじ》には、今川義元《いまがわよしもと》の祖父であった今川義忠《よしただ》の墓があることや、そのあたりを塩買坂《しおかいざか》といったことなどである。

主はさらに、その茶屋でこしらえている草餅は遠州森の北にある三倉《みくら》という宿場で作られる草餅と同じもので、かつて山中鹿之介《やまなかしかのすけ》がそこで出された草餅が美味であることに感心して「鶯餅《うぐいすもち》」と名付けたということを喋った。弥九郎はふんふんと頷《うなず》きながら、山中鹿之介の味覚も大したことはないなと思っていると、主は突然思わぬことを言いだした。

「一時（二時間）ほど前までその奥の小部屋で、秋葉神社参りの武家の奥方様が、気分が悪いといってふせっておいでだったんですがの……」

茶店の草餅を食うと急に元気になって、若いほうの女をせかすように歩き去っていったという。

その二人連れの女は昼前に茶店にやってきて、姑らしい婆様のほうが急に胸が痛いと言い出して少し横になりたいと頼んできた。断るわけにもいかないので、小部屋で休んでもらっていると、嫁らしい若い女が、店を手伝いましょうと申し出てきた。

お武家の奥方様にそれは困るといったのだが、女は思いの外《ほか》世間に慣れていて、客にてきぱきと茶等を出す。そのうち奥で主の息子と一緒になって草餅を作り出し、大いに重宝したというのである。

若い女は大変な美貌で、息子などはいまだに奥でぼんやりしている、ということまで主はつけ加えた。

それは妙な女たちだな、と弥九郎は合点のいかぬ思いを抱いて先ほどの井戸のところまで戻ると、待っているはずの浪人者の姿がない。

そこで馬に水を飲ませていた馬子に尋ねると、その浪人者は宿場で一番の悪者は誰かと皆に訊いて回り、それは宿場を牛耳《ぎゅうじ》っている地回りの源五郎《げんごろう》というやつだと知ると、そうかといって川上市場《かわかみいちば》の宿場に向かっていったというのである。

訳の分からんやつだ、と思いながら弥九郎は刀の入った筒を肩に担いで宿場に入った。まだ日暮れまでには間があるが、宿場は大変な賑わいでざっと見たところ二十軒ほどの旅籠《はたご》がある。掛川へ向かう旅人のなかには、宿の女の元気な声を受けて早々に土間に入っていく者もいる。夜になるとお化粧臭い女に化けそうな女や、その女をうらめし気に眺めている雲助もいる。

塩の詰まった俵を積んだ馬が馬方にせき立てられながら通り過ぎると、あとにはこんもりと馬糞《まぐそ》が残って湯気をたてている。すかさず胸当て下帯姿の人足が道に進み出て馬糞を片づける。そのあとを駕籠《かご》かきが掛け声をたてて走っていく。

これでは到底浪人者を尋ねあてることはできまいと、あきらめ気分で雲助の一人に源五郎はどこだと訊くと、これがすぐに分かった。

「背の高《たけ》え、目付きの鋭いおさむれえに連れられて、馬宿のほうに行ったずら」

雲助にその辺りまで案内させて十枚の銭をやると、ぺこぺこと頭を下げて戻っていった。弥九郎は注意深くあたりを窺った。馬宿の裏は水田で稲の穂がきれいにそろって頭《こうべ》を垂れている。

その眩《まぶ》しさに目を細めていると、馬のたてるぶるぶるという鼻息に混じって、人の呻《うめ》き声が耳に入ってきた。

裏づたいに寝藁《ねわら》の積んである納屋の横に出ると、果たしてそこに浪人者の姿があった。

「こ、これはどうしたことでござるか」

弥九郎は荷を下ろして茫然《ぼうぜん》と立ち尽くした。一見してやくざ者と分かる若僧が四人、首や腕を押さえて痛《いて》え痛えとのたうち回っている。浪人者にぶちのめされたのは明らかで、馬糞の中に頭を突っ込んでいる男もいるが馬糞どころではないらしく、横っ腹を押さえて白眼を剝《む》いている。

「どうじゃ、痛みはまだこんか」

浪人者はそういって最後のひときれになった草餅を、赤ら顔のふてぶてしい面構えのやくざ者の口に突っ込んだ。どうやらそれが源五郎であるらしい。

「痺《しび》れのようなものはこんか？　どうだ？　源五郎」

浪人者は源五郎の口元に顔を寄せて真面目に尋ねている。源五郎のほうでは、ぶ厚い下唇を動かしてくちゃくちゃとやっている。目は見開かれたままで意識が正常に働いているのかどうかは分からない。

「よし、茶を進ぜよう。この草餅を売っている茶屋からもらってきたものでな、ちょうど合うはずじゃ」

浪人者は竹筒を逆さにして源五郎の口の上に持っていった。納屋に背中をもたせ、地面に両足をだらしなく投げ出して坐っている源五郎は、逃げようと思えば逃げられるだろうに、そうする気力も失せているらしく、おとなしく醜い口を開いて茶を受けている。固い頬肉に、銀蠅《ぎんばえ》が何匹か止まって手をこすっているが源五郎は何も感じないらしく、与えられた茶をごく、ごく、と飲んでいる。

「気分はどうじゃ」

浪人者はそういって虚ろに見開かれたままの源五郎の両目を覗き込んだ。そのとき、源五郎のぶ厚い頬肉が激しい痙攣《けいれん》を起こし、頬にたかっていた銀蠅がいっせいに飛び散った。

「げえーっ！　げっ、げげーっ！」

汚い声をあげて源五郎は上体を揺るがした。口から今食った草餅が吐き出されているのだが充分に出てこないらしく、源五郎は顔面を焼けた鍋底のように燃えたぎらせてのたうち回った。

「どうした源五郎、苦しいか、どうじゃ」

地面に横転した源五郎の首根っ子をすかさず押さえて動けぬようにした浪人者は、そういって源五郎の顔に息を吹きかけた。

「く、く、くるひい……くる……」

「そうか、苦しいか。で、どのように苦しいのじゃ。はっきり申してみよ」

「く、くるひ……げえっ！　げっ！」

「これ、しっかりせよ。吐いてばかりいては分からん。どのように苦しいのか申せ。臓腑《ぞうふ》が焼けるように苦しいのか。どうなのじゃ」

「くる……げっ……うっ、うっ……けっ……」

「しっかりせえ。けっ、などといっている場合ではないぞ。どのように苦しいのかはっきり申すのじゃ」

「ぐっ……がっ……け……」

浪人者に上体を起こされた源五郎は、目の玉をでんぐり返して呻いている。その歪《ゆが》んだ口からは、多量の唾液が垂れてくる。

「だ、大丈夫でござるか」

やっとの思いで弥九郎はそう尋ねると、浪人者は初めて弥九郎のほうに顔を向けて、うむ、と唸って立ち上がり、手を打ち鳴らして埃を払った。

「まず、二、三日は動けぬじゃろ」

浪人者は源五郎を一瞥《いちべつ》してあっさりといった。浪人者の言葉が耳に届いたのか、源五郎は不自由な口で、け、け、と大きく呻いた。もし自分も、浪人者から言われるままに草餅を食っていたら、このような無様な状態になっていたのかと思うと、弥九郎の心は複雑な思いで揺れた。

「やはり毒が入っていたのでござるか……」

「うむ。じゃが一服必殺の毒薬ではなく痺れ薬であったようだの。わしは斑猫《はんみょう》を使ったのではないかと察しておったのだが、違ったようだ」

斑猫は毒虫の一種で、田沼意次が将軍の世子家基を毒殺したときに使ったとされている。弥九郎は痺れて身体の動かなくなった源五郎を見下ろしながら、なぜ、と小さく呟いた。

「なぜこのようなことを……。いったい誰が何のために……」

顔を上げて浪人者を見ると、彼はもう街道に向かって歩きはじめている。弥九郎は浪人者にならって、まだ呻いている四人の若僧と、雪だるまのように固まっている源五郎を打ち捨ててあとを追いかけた。

「じつは、先ほどの茶屋で妙な話を耳にしたのだが……」

浪人者に並んで歩きかけながら、弥九郎は茶屋の主から聞いた老婆と若い女の二人連れの話をした。

黙って聞いていた浪人者は、ふと歩みを止めて弥九郎をしげしげと眺めだした。

「いずれにしろ、わしはお手前の身替わりとなって命を奪われるところであったようだな。では、詫び料として五両ほど申し受けるか」

そういうと浪人者はすました顔で手を差し出してきた。

「ば、ばかな。五両などとんでもない。だいいち拙者が狙われたのかどうか分からんではないか。また狙われる覚えもござらん」

「さようか」

「それはそうじゃ」

「それはそうと、おぬしをどこかで見かけた覚えがある。はて、どこであったか」

懐手《ふところで》をして歩き出した浪人者は、詫び料の五両を請求したことも忘れて、小袖の胸元から腕を突き出して顎《あご》をこすった。

「拙者は、神田猿楽町《さるがくちょう》の撃剣館で修行をしている者でござる」

ここぞとばかり弥九郎は胸を張った。言い回しが控え目になったのは、それだけの効果を狙ってのことである。

「おお、そうであったか。さすれば岡田十松殿のご門弟であられたか」

「師なきあとは師範代を務めてござる」

二代目には、岡田の長男熊五郎利貞《くまごろうとしさだ》が十松を名乗って継いだが本人にやる気がなく、門人の代表格であった江川太郎左衛門の強い推薦《すいせん》で、弥九郎が実質的な指導者となった。それも稲の収穫が終わる頃には独立した道場の主となる。

「おお、ご貴殿が斎藤弥九郎殿であったか。ご高名、うかがってござる」

「いやいや」

浪人者の声が大きく響き、宿場の者がこぞって振り返って弥九郎を見返したので、さすがに照れた。

「数々のご無礼の段、平にご容赦願いたい」

「いや、それで、ご貴殿の……」

「岡田殿は類稀《たぐいまれ》なる剣客でござった。それに女子にようもてた。わしもいっとき岡田殿と一緒に戸賀崎《とがさき》先生の道場にいたことがありましてな。岡田殿が道場に立つと武者窓に近所の女子衆がへばりついてな、岡田殿を濡れた目で見つめてお

るのを、羨《うらや》ましく眺めておったものでござる」

「え、戸賀崎先生の！」

戸賀崎熊太郎《くまたろう》は岡田十松の師匠である。目を剝いて睨んだ弥九郎を、浪人者は慈愛溢《あふ》れる笑顔で見つめ返して、いった。

「斎藤殿、商売物の刀はどうなされた」

あっ、と唸って弥九郎は赤面した。あわてて馬宿まで駆け戻り、まだ呻いているやくざどもの中に荷があるのを見つけてほっと一息ついた。だが、荷を担いで旅人でごった返す宿場に戻ったときには、かの浪人者はすでにどこかの旅籠に投宿してしまったものらしく、その痩せた長身の姿を見つけることはできなかった。

宿の女中たちがたてるかまびすしい呼び込みの声を耳にしながら、弥九郎は消えてしまった浪人者を、奇妙に懐かしく思って佇《たたず》んでいた。

そのとらえどころのない風情は、少年の頃故郷近くの浜で見た蜃気楼《しんきろう》――遠くの海上に浮かんだ幻の帆船のようにはかない眩《まばゆ》さに、包まれているように思えたからだった。

三

弥九郎は旅籠の二階の欄干《らんかん》に肘をついて、まだ暗い宿場をぼんやりと眺めていた。

ここ数日の疲れが溜まっていたせいで、前夜は銚子《ちょうし》に一本の酒を飲むとすっかり気持ちよくなり、まだ五ツ（午後八時）前だというのにさっさと床についてしまった。

伊豆韮山の代官、江川太郎左衛門を訪ねて江戸を発ったのは五日前のことである。江川の骨折りで独立できたばかりか、新道場を建てる土地も確保することができた。そのお礼と、道場の普請《ふしん》も順調に進んでいることの報告も兼ねて江川を訪ねたのであるが、その江川から思わぬ頼みを受けた。

遠州に散らばっている幕府領のあちこちで、代官に反発する声があがっている、その実情をそれとなく視察してきてもらえないかというのである。遠州は江川の管轄外であるから大っぴらには動けない。それでちょうどよい折にやってきた弥九郎に、白羽の矢が立てられたものだった。

ことに相良藩にはいろいろといわくがあった。田沼意次が幕府要職より追放されたのが天明六年（一七八六年）、家督を譲り受けた孫の意明《おきあき》は、その翌年わずか一万石の城主となって陸奥下村《むつしもむら》に転封となった。意次の時代には五万七千石を領していたのであるから四万七千石の減封である。しかも一万石とはいうものの、陸奥下村は実収四、五千石の地味不良の地であった。意次の建てた相良城は取り潰され、相良藩は廃藩となった。

その後相良の地は代官が支配したが、重税と苛酷な取り立てに苦しんだ農民がたびたび一揆《いっき》を起こした。そこで廃藩から三十三年たった三年前の文政六年（一八二三年）に、幕府は意次の二男の意正《おきまさ》を、陸奥下村より旧領相良に入封させた。その陣屋も昨年新たに構えられたという。だが石高は一万石のままである。それに旧領に復帰させたのは、将軍家斉が、毒殺された家基の死霊を恐れていたことと無縁ではないとの噂もある。死者への償《つぐな》いをすることで、怨霊から逃れたいとする将軍家斉の恐怖心が、意正の若年寄への登用にもなったのだという。

相良には田沼家を慕う気持ちが強く残っている。意次は藩主になるや、大井川を越えた藤枝《ふじえだ》までの七里の道を開き、領民の利便を図り商業を活発にした。また港を整備し、江戸・大坂航路の千石船の寄港を可能にした。今度の旅で、弥九郎は韮山から江ノ浦《えのうら》に出て、駿河湾《するがわん》を江戸からの帰り船に便乗して渡り、相良港から萩間川《はぎまがわ》に入って下船したのであるが、そうすることができるようになったのも、意次の積極的な政策のおかげなのである。

さらに意次は安永《あんえい》三年（一七七四年）に大火で町家が焼失すると、実費を与えて町家の屋根を板から瓦屋根《かわらやね》にふきかえさせ、その際には道路も四間幅に広げさせたりもした。意次が相良に入封して十年もたたないうちに、かつては侘しい一漁村にすぎなかった村が、駿府に負けないほどの城下町に化けたのである。

それゆえ、いまだ代官支配の下で重税にあえいでいる、かつての相良藩の領民の心中は複雑なものがある。江川太郎左衛門の真意がどの辺にあるのか、一介の剣術遣いに過ぎない弥九郎には見当がつかないが、村々を回って民衆の動きを探るという役目の背景は、弥九郎なりに理解しているつもりであった。

日が昇りかけたらしく、東の空の底が薄い青さに染まりはじめた。鶏《にわとり》が鳴き、飼い葉を求める馬のいななきが響いてくると、あちこちの旅籠から、雨戸を開く音や起き出した馬子の声などが聞こえてきた。

空に明るい色が射すと、早立ちの旅人の姿が街道に散見し始めた。弥九郎の隣の部屋でも客が起きたらしく、一夜を共にした飯盛女《めしもりおんな》を叱りつける声がする。客の残した飯を、女がみんな平らげてしまったと文句をいっているのだ。

ケチな客もいるものだと思いながら、弥九郎は腹が鳴るのを我慢して、宿場の街道に目を凝らした。浪人者の姿を捜しているのである。用事はないが気にかかる男なのである。怪し気ではないが、その正体を突きとめたい思いがあった。

朝飯の膳を前にしたときも、弥九郎の目は街道に注がれていた。五ツ（午前八時）になると、日は秋の爽《さわ》やかな空気を裂いて宿場を上から照らしだした。大方の旅人は旅籠を出立し、塩を求めて相良に上る掛川からの馬が宿場を通っていく。

──見過《みす》ごしたか。それとも、昨日のうちに掛川に向かったのか。

弥九郎の心に焦りが浮いた。その思いが頂点に達した五ツ半になって、不意に浪人者の姿が街道に現われた。

どの宿から出てきたのか、しかと見定めることはできなかった。地から湧き出たというのではなく、無人の光景の中に、一瞬のうちに置かれたような唐突な感じがあった。

呼びかけようとして弥九郎は思い留まった。気付かれぬように跡をつけようと思い立ったからである。それに浪人者の姓名をまだ聞いていなかった。

旅籠を出ると、浪人者の姿は二丁ほど先の宿場を出た、なだらかな坂の途中にあった。右手が竹やぶになっていて、左には茶畑が続いている。その間の細い道を浪人者は笠もつけずに悠然と歩いていく。弥九郎は右肩に荷を担いで、浪人者にならってゆっくりと歩み出した。それだけの距離があれば、一本道とはいえまず気付かれる心配はない。

昨日に比べて荷は軽くなっていた。昨夜宿に泊まり合わせた田中藩四万石本多正寛《まさひろ》の家中の者が、大刀を一本買い上げてくれたからである。もともと弥九郎は刀には目が利《き》くほうであり、無銘とはいっても備中の作で良質な刀であるという弥九郎の言葉を受け容れて、相手は言い値の三両二分で買ってくれた。その田中藩の藩士はどういう不都合があったのか竹光《たけみつ》を携《たずさ》えていて「真剣を購入したからにはもはや無用になった」といって弥九郎に竹光を残していった。四本ある荷の中の一本は竹光であり、その分だけ軽くなっている。

竹やぶと茶畑の間の坂を過ぎるとなだらかな下りになっていて、一段低いところに水田が広がっている。遠くの水田で黒い影が動いているほかは、のどかな光景が止まったように広がっていて、高い空の彼方を飛ぶ鳥のさえずりでさえ耳元でうたわれているかのように響いてくる。

水田がきれて、所々に樹林の茂った小高い丘や、雑草の生える荒地が目立つようになった。先を行く浪人者は目的地があるようでいてないような、要領を得ない歩きざまのまま丹野川《たんのがわ》にかかった橋を渡っていく。浪人者の傍を荷を積んだ馬が行き違った。その馬子は、橋詰めに置かれた黒いものに向かって何事か話しかけた。

そのときになって弥九郎は、初めて人がそこに蹲《うずくま》っているのを知った。近づくにつれてそれが女で、しかも二人連れであることが明らかになってきた。どうやら一人の女の背中を別の女がさすっているらしい。苦しんでいるのは老婆のほうで、髪に白いものがかなり混じっている。二人とも武家の女で介抱をしている女の背中には、若々しい弾力が息衝いている。

武道のたしなみがあるな、と弥九郎は見てとった。だがそのことより、苦しんでいる老婆に、一顧も与えずに歩き去っていった浪人者の無慈悲に腹が立った。馬子でさえ心配して声をかけているのである。

その馬子は、二人の女の前から離れて弥九郎とすれ違うところまでやってきた。年老いた馬子で、被り物の中にある顔は炭のように日焼けしている。おい、と弥九郎は馬子を呼びとめた。

「あの老婆は、急な病で苦しんでおるのではないのか」

いきなり声をかけられた馬子はちょっと驚いたように細い目を開いたが、へえ、といって口を開いたときには、元の無表情な皺だらけの顔に戻っていた。

「そのようだったが、若いほうがかまうなというんでうっちゃってきたずら」

目蓋《まぶた》にも細かい皺を刻んだ馬子は、少し怒りを含んだ口調でいった。かまうなとは妙なことをいう、と弥九郎が思ったとき、馬が首を震わせ口泡をとばした。道より低いところに生えている雑草が風に揺れ、地蔵の祠《ほこら》が軋んだ音をたてた。

弥九郎はそちらのほうに一瞬目を向けたが、馬が再び首を振りそうになったので急いで前を離れた。

橋のたもとに蹲った老婆は、白い顔を下に向けて固く口を結んでいる。若い女の横顔は青ざめ、ほつれた髪が河の上を渡ってきた涼風にとばされて女の頰を叩いた。

丹野川の川幅は二十間足らずで、対岸の竹やぶが大きく揺らぎ、小柄な女を余計心細く見せている。流れる雲に不吉な暗雲が被さり、荒れた光景の中に置かれた女の美しさを際立たせた。

弥九郎はこの辺一帯が、武田、徳川両軍の高天神城《たかてんじんじょう》攻防の激戦地であったことを思い出しながら、ひたむきな女の美貌に心を奪われた。

「もし、いかがなされた」

弥九郎は若いほうの女に向かって声をかけた。女は切れ長の目を弥九郎に向け、軽く頭を下げたようだった。冷たい一瞥であったが、黒い瞳を取り囲む白い眼が清流のような閃《ひらめ》きを見せて、弥九郎の心をさらに奪った。

「腹痛であればよい薬があるぞ。こんななりをしているが怪しいものではない」

固い横顔を見せている女に構うことなくそういって、肩に担いでいた荷を置き、手拭いを頭から取って懐にしまった。女は若いが娘ではない。二十歳《はたち》を出たばかりの嫁とその姑という関係だろうと判断した。弥九郎の許嫁《いいなずけ》のお岩《いわ》は可憐ではあるが身体が細く、まだ匂うようなものがない。

「この薬はやばね草を粉末にしたもので、一切の腹痛に特効があるのじゃ」

印籠《いんろう》をはずしながら弥九郎は、若い女から老婆のほうへと視線を向けてその様子を窺った。老婆の耳に火傷《やけど》を受けたような溶かされた傷があるのを目にとめて、それは、と言いかけた。そのとき、風に乗って、おーい、と呼びかける声が響いてきた。

目を上げるといつの間に戻ってきたのか、橋の向こう側に浪人者の姿が立っていた。

「おーい、中村殿!」

浪人者は口の脇に両手をあてて弥九郎に向けてそう呼びかけてきた。

——中村? 中村とは誰のことだ。

弥九郎が口を半開きにして、茫然と身体を起こした。それに合わせるかのように若い女が弾かれて後ろに跳んだ。顔を下げた弥九郎の目に、白狐《びゃっこ》のような老婆のひきつった顔がとび込んできた。

「婆は口に針を含んでおる！　気をつけられよ！」

──なんと！

胸の内で呻《うめ》いた刹那《せつな》、老婆の唇がにゅっと突き出てきて、そこから細い光が走り出た。とっさにかわしたが数本の針が弥九郎の頬と首を刺した。

腰の刀は柄袋が被せてある。針を抜きながら刀に手をかけた弥九郎の目に、皺だらけの夜叉《やしゃ》のような形相をした老婆が、膝を折り曲げた体勢から跳躍してくるさまが映ってきた。

「キエーン！」

老婆の口から獣じみた叫び声が洩れた。右腕で払うと、その腕にとりついた老婆は、弾みをつけて身体を一回転させて、弥九郎の背中にぴったりとへばりついた。

──な、なんという老婆だ。

弥九郎は動転した。老婆は人間ではなく、山猿の化身のようにすら思えた。だが、驚いているひまはなかった。若い女が短剣を右脇に構えるなり、鋭い踏み込みで打ち込んできた。数度の突きはかわしたが、間髪を入れずに攻めたててくる突きに、ついにかわしきれずに左の肘を斬られた。

「待て！　待て！　早まるな！」

女の振るう短剣の間合いから逃れながら弥九郎は叫んだ。だが女は的確に弥九郎の影を踏まえて突き進んでくる。しかも背中にへばりついた老婆の締め技はとても老人のものではない。両足の踵《かかと》で弥九郎の足の付け根を締め、両腕は弥九郎の胸に回して腕の自由を奪っている。そのため弥九郎は両手両足を縛られたも同然で、若い女の攻撃にさらされている。左肘の痛みは我慢できても、このままではいつか急所を刺されてしまう。

「ギャーッ！」

叫んだのは弥九郎自身だった。二十八年の生涯で、そんな叫び声をあげたのは初めてのことだった。

「何を叫んでおる」

橋をすべるように渡ってきた浪人者が、意外に落ちついた声でいって弥九郎を眺めた。

「嚙まれ申した。後ろにへばりついておる老婆に、首を嚙まれ申した」

「遊んでいるときではないぞ。この女どもは本気でおヌシの命を狙っておるぞ」

浪人者はそういって、若い女の間合いの中に無造作に入っていった。女は着物の裾が大きく開くのも気にとめず、膝を開いて腰を下ろし、身構えた。弥九郎はそれでひとまず若い女の攻撃から逃れることができたが、背中に背負った老婆がいつの間にかすっぽんに化けたように感じられて、不気味なことこの上ない。それに欠けた歯で嚙まれた首の痛みは尋常ではない。老婆を振るい落とそうともがきながら首を下げているのだが、いつまた第二弾が喰らいついてくるか分からない。

「放せ、放すのじゃ。なんということだ。人違いいたすな！」

「だまらっしゃい。倅《せがれ》、野尻精三郎《のじりせいざぶろう》の仇《かたき》じゃ。思い知れ」

背中で喚いた老婆は、前歯が首まで届かないと知ると、弥九郎の肩を思いきり嚙んできた。痛さに呻きながら弥九郎は頭を回して老婆に怒鳴った。

「知らんぞォ！　拙者は野尻などという者は知らん。仇とは何のことだ⁉　拙者には身に覚えのないことだ」

「わしらは小十人《こじゆうにん》、野尻精三郎が母と嫁じゃあ！　倅の無念、今こそ晴らしてくれようぞ！」

「知らん！　人違いだ！」

「見苦しいぞ、中村一心斎！　丸一年かけて追い求めた仇じゃ！　我らが怨みを受けてみよ！」

「ま、待て！　中村とは誰だ⁉　何のことだ⁉」

「佐知《さち》、何をしておる。早くこやつを討つのじゃ」

「はい」

佐知と呼ばれた女は浪人者を牽制《けんせい》しつつ、弥九郎の喉元に短剣の切っ先を向けた。待て、と喚いて弥九郎は最後のあがきをした。しかし老婆の指は弥九郎の筋肉の中に、鷲《わし》の爪のように食い込んでいて離れない。

「拙者は中村などではない！　人違いだ！」

「この期《ご》に及んで未練がましい。さ、佐知、一気に突くのじゃ」

「待てというに！　拙者は中村ではない！」

「その者のいうとおりじゃ。中村はわしだ」

「！」

浪人者が佐知と、老婆を背中に背負っている弥九郎の真ん中に佇んだ。

「な、なんじゃと⁉　お、おまえは先ほど、こやつを中村と呼んでいたではないか⁉」

「間違えたのじゃ」

「な、なにィ！　た、たわけたことを。えーい、佐知、何をしておる。そいつを斬れ、斬ってしまえ！」

「うるさいババアじゃのう」

そういって傍に来た浪人者は、弥九郎の足を軽く払った。弥九郎の重心が崩れ、自分でもあっけないほどたわいもなく後ろに倒れた。背中の老婆の頭からゴツンと音が出て、それきり静かになった。しかし、老婆の指は弥九郎の四肢をしっかり捕らえたままでいる。弥九郎は仰向けになっている自分が馬鹿馬鹿しいほど無防備でいるのを知った。だが、どうすることもできない。

その弥九郎の目に、橋を疾走《しっそう》して渡ってくる二人の商人姿の男が映った。身なりは薬売りでも、二人の身のこなしは山中で鍛《きた》え上げた忍びの者そのものだった。

いびつ顔の目付きの鋭い男が佐知に訊いた。

「仇はどこじゃ？」

「この者が中村一心斎じゃ」

佐知の言葉に、二人の男は二尺二寸の大刀を同時に抜いて身構えた。尋常な遣い手ではなかった。だが、そう思ってもひっくり返された亀のようになっている弥九郎には、助勢することは叶《かな》わない。弥九郎は情けなさで涙が出た。

「同志野尻精三郎の仇」

「よくも我が兄、古坂源吉《こさかげんきち》を犬のように殺《あや》めてくれたな」

そういって腰を低く落としてにじり寄ったのはまだ十八、九歳の若い武士である。

「まあ、待て。仇となれば相手にならねばなるまいが、はて、どこで野尻殿と古坂殿にお会いしたかのう」

「とぼけるのも大がいにされい。昨年九月、下野の地でそれがしの兄をだまし討ちしたであろうが」

「忘れたとはいわせぬぞ」

「野尻精三郎が妻佐知、夫の仇、参る」

「うん、思い出した。あのときのお庭番の身内の方々であったか」

浪人者は臆した様子もなくそういって頷きながら、橋のたもとに置かれてあった弥九郎の荷をほどきだした。お庭番の身内、といわれた三人は一瞬硬直して互いの顔を見合わせたが、すぐに柄を握り直してにじり寄った。

「結城晴朝が隠した埋蔵金を発掘したと吹聴《ふいちょう》したら、金に目のくらんだ守銭奴が方々から駆けつけてきおった。その中に将軍の使いが二人おった。将軍は国政をほっぽり出して妾に入れあげておる。あの折も、大方埋蔵金を横取りして妾に使うつもりだったのじゃろう。そんなバカ殿に仕える者は、死んだほうがましというものだ」

「なにをこやつ！」

「上様を愚弄《ぐろう》するとは許せん」

「佐知殿といったな」

浪人者は弥九郎の荷の中から、一振りの大刀を拾い上げて女に向き直った。その刀は違う、と弥九郎は唸った。その拍子に、不意に四肢を押さえている老婆の指が離れた。弥九郎は起き上がると浪人者の背後に回って、残された三本の大刀を手にした。そのとき浪人者は静かに佐知に向かっていった。

「あのような旦那は死んだほうがよい」

「何をいわれる」

佐知の強い目がさらに吊り上がった。端整な顔立ちに青い光が射し、凄絶ともいえる美しさを浮き彫りにさせた。

「あの男は、妻をいとおしいと思うことを、恥じておった」

「武士であれば当然のこと」

「違う。武士など捨てても何も恥じることはないが、男を捨てては生きている値うちはなくなる。男は恋した女子のために生きるものだからじゃ」

「なにをざれ事をいわっしゃる」

「実はわしは女子の扱いは得意ではない。惚《ほ》れた女の前では満足に言葉が出せなくなるからじゃ。そのわしが佐知殿にひと言申し上げたいことがある」

「……………」

浪人者はそう言いながら佐知の前に立った。佐知は抜いた短剣を下げて浪人者を見返した。その目には戸惑いが浮いているようだったが、佐知のその急な変化は弥九郎だけでなく二人のお庭番にも意外であったようで、二人は浪人者が佐知の身体を抱き、その耳元に口を寄せ何事か囁《ささや》くのを、ただ石のように固くなって見つめていた。

浪人者が身体を離すと、佐知の頬が朱に染まった。そうすると華《はなや》ぐような色香があたり一面に漂った。覚えず弥九郎も息を詰めて女を見つめた。

「こやつ！」

「不埒者《ふらちもの》！」

凍りついた空気を破って、二人のお庭番が浪人者を背後から斬りつけた。鋭い一撃だった。カッと目を見開いて見つめていた弥九郎は、次の瞬間、浪人者の背中から血しぶきが上がるのを見た。

だが、実際に倒れたのは襲いかかった二人のほうだった。浪人者は弥九郎には背中を向けたままで、二人を斬っていた。

——し、しかし、竹光で……どのようにして……。

茫然と弥九郎は立ち竦《すく》んでいた。浪人者が竹光で二人を討ち倒したのも驚きであったが、その動きがまったく目にとまらなかったことが、さらなる戦慄《せんりつ》を呼び起こした。

「心配なさるな。峰打ちでござる。これ以上お仲間を殺しては、わしとてさすがに命がもたん」

浪人者はそういって、倒れた二人を地蔵の祠の下に引きずっていった。弥九郎は白濁した頭をかかえて突っ立っていた。何をどうすることもできずにいた。そのため視界がぼやけたようになっていて、道端で倒れていたはずの老婆が、むっくり起き上がって浪人者に向かって匕首《あいくち》を振り上げたことにも気付かなかった。

「中村様！」

佐知の悲鳴にも似た呼び声で弥九郎は我にかえった。目をしばたたくと、老婆は浪人者の腕の中に抱かれて再び気を失っていて、老婆の手から放たれた匕首と小柄が、一寸の間隔を置いて欄干に突き刺さっていた。

——一体どうなったのだ……。

「まさに鬼婆でござったな。この婆は髪を下ろさせて尼にでもさせることにしよう。いささかババッチイ尼じゃがの、それでこの婆も肩の力を抜いて生きることができるじゃろ」

そういうと浪人者はぐったりしている老婆を背負って、白い歯を覗かせた。浪人者におんぶされた老婆は、子猫のようにあどけなかった。

「中村様……」

橋を渡り出した浪人者に向かって佐知が声をかけた。中村は足を止めかけたが結局振り返ることなく橋を渡っていった。見送る女の目は、弥九郎がこれまでの人生で見たこともないほどの物悲しい色合いに染め上げられていた。

——つい今しがたまで仇と狙っていた女が、これはどうしたことだ……。それに、あやつは、拙者をこけにしただけではないのか。

そう憤慨《ふんがい》した弥九郎だったが、何か新しい悟りを開いたように思えたことも事実だった。ただし、それが何であるかは、茫として分からずにいた。

「先ほど、あやつはあなたに何といったのですか」

浪人者の姿が鬱蒼《うっそう》と茂った寺の樹木の陰に入っていくと、弥九郎はやっと呼吸が楽になって女にそう尋ねることができた。浪人者の囁きが、仇討ちに眼尻を吊り上げる猛女を、一瞬のうちに、初恋を知った少女のように、初心《うぶ》な女に変えてしまったのは明らかだった。だが、隣で佇んだ女は答えようとはしなかった。見ると女の目は火を吹いたように赤々と燃えていた。

中村殿の姿が見えなくなってから、女の胸はかえって苦しくなったようだ、と弥九郎が思いついたのは、江戸に向かって東海道を下りはじめたずっとあとのことであった。

双葉文庫

た-24-07

大江戸剣聖《おおえどけんせい》 一心斎《いっしんさい》
黄金《おうごん》の鯉《こい》

2013年9月15日　第1刷発行

【著者】
高橋三千綱《たかはしみちつな》

【発行者】
赤坂了生
【発行所】
株式会社双葉社
〒162-8540 東京都新宿区東五軒町3番28号
[電話] 03-5261-4818(営業)　03-5261-4833(編集)
www.futabasha.co.jp
(双葉社の書籍・コミックが買えます)
【印刷所】
慶昌堂印刷株式会社
【製本所】
株式会社若林製本工場

【表紙・扉絵】南伸坊
【フォーマット・デザイン】日下潤一
【フォーマットデジタル印字】飯塚隆士

落丁・乱丁の場合は送料双葉社負担でお取り替えいたします。
「製作部」宛にお送りください。
ただし、古書店で購入したものについてはお取り替えできません。
[電話] 03-5261-4822(製作部)

ISBN978-4-575-66627-4 C0193
Printed in Japan